龍の純情、Dr.の情熱

樹生かなめ

white heart

講談社X文庫

目次

龍の純情、Ｄｒ.の情熱――6
あとがき――220

イラストレーション／奈良千春《ならちはる》

龍《りゅう》の純情《じゅんじょう》、Ｄｒ.《ドクター》の情熱《じょうねつ》

1

クマの目覚まし時計が氷川諒一《ひかわりょういち》に起床時間を知らせた。今までならば普通のベル音だったが、今日の朝からは違う。披露宴《ひろうえん》には定番の結婚行進曲だ。

広々とした部屋の壁紙は白地にピンクの花柄、丸い鏡が優雅な鏡台は白で金具は金である。猫脚のベッドサイドテーブルや背の高いルームランプも、白と金を基調にしたロマンティックなものだ。薄いピンクのカーペットは可憐《かれん》な花柄で、天井から吊《つ》るされているライトは可愛《かわい》いハート形のオブジェがたくさんついていた。どこからどう見ても、男所帯の部屋ではない。

氷川はクマの目覚まし時計の音楽を止めながらポツリと漏らした。

「徹底してる」

クマの目覚まし時計といっても単なるクマではない。新郎新婦に扮《ふん》したクマのカップルが踊る目覚まし時計だ。新婦のクマが持っているブーケはピンクの薔薇《ばら》だった。キングサイズのベッドはシーツからフリルのついた枕《まくら》カバーまで、すべてピンクで統一されている。

ピンクの洪水の中に指定暴力団・眞鍋《まなべ》組二代目組長である橘高清和《きつたかせいわ》がいた。極彩色の昇《のぼ》り龍《りゅう》を背中に刻んだ清和に、滑稽《こっけい》なくらいピンクという可憐な色が似合わない。いや、それ以前に、ピンク・白・花柄で揃《そろ》えられた部屋自体、一角《ひとかど》の極道として名を通している清和と恐ろしいぐらいマッチしていない。清和の顔立ちは怜悧《れいり》に整っていて、美男子と称しても差《さ》し支《つか》えないのだが、迫力がありすぎて一般人には見えなかった。十九歳という若さにして甘さの欠片《かけら》もない極道だ。

「清和くん、おはよう」

氷川は目覚めのお約束である触れるだけの優しいキスを、清和の唇に落とす。凍《い》てつく冬を連想させる清和の鋭い目が柔らかくなった。氷川はこの瞬間がたまらなく好きだ。削《そ》げた頰《ほお》に手を寄せてもう一度キスを落とす。

「ああ」

どこか照れたような清和から挨拶代《あいさつが》わりの返事があった。

「よく眠れた？」

眞鍋組の危機で、氷川は最大のターゲットである清和から隔離されていた。昨夜《ゆうべ》、やっとチャイニーズ・マフィアとの抗争が終結したということで、清和が迎えに来たのだ。夢にまで見ていた愛《いと》しい男の無事な姿に、氷川はほっと胸を撫《な》で下《お》ろした。

「ああ」

「ちょっと見せなさい」

銀縁のメガネをかけた氷川は患者に接する時と同じような目で、清和の股間《こかん》にある一物を調べようとした。しかし、やけに淡々としている清和に拒否された。

「いい」

やめろ、と言わないところが、氷川に対する清和の気持ちを表していた。

「駄目、ちょっと見せて」

氷川は男にしては繊細な手で、清和の腰を押さえつける。

「いいから」

氷川の腕力で屈強な美丈夫の動きを制止することはできない。ポーカーフェイスの清和にスルリと身体《からだ》を躱《かわ》されてしまった。

「清和くん、逃げるな」

ベッドから下りようとする清和の背中に、氷川は必死になってしがみついた。それから、渾身《こんしん》の力で清和をピンクのシーツの波間に沈める。

「あのな」

「僕はこう見えて医者だから」

氷川は私立の雄《ゆう》と名高い清水谷《しみずたに》学園大学の医学部に現役で合格し、優秀な成績で卒業した。現在、都内でも有数の大規模総合病院である明和《めいわ》病院に勤めている内科医だ。二十九歳、医者としてはまだ一人前とは言《い》い難《がた》いが、たゆまぬ努力で確実に腕を上げている。

「それはわかっている」

「見せなさい」

どこを見せろと迫っているのか、氷川が口にしなくても清和には通じている。なんてことはない、昨夜、清和に痛恨の一撃を食《く》らわせたのはほかでもない氷川だからだ。氷川は清和の分身を愛撫《あいぶ》するつもりが思い切り噛《か》んでしまった。口腔《こうこう》に広がった血の味に背筋を凍らせたものだ。

清和は無言で、真剣な表情を浮かべている氷川から視線を逸《そ》らす。

「リキくんに言われているんだ。それは僕のものだから僕に任せるって」

清和の男性の象徴を氷川の所有物だと言い切った、リキこと松本力也《まつもとりきや》は見上げたものだった。もっとも、清和の私生活には関《かか》わり合《あ》いになりたくないのかもしれない。リキは清和及び眞鍋組の頭脳として辣腕《らつわん》を揮《ふる》っている。二十五歳には思えないほど、すべてにおいて落ち着いている男だ。

「…………」

自分が最も頼りにしている右腕の名前を出されて、清和の顔つきが少しだけ険しくなった。

清和はどちらかといえば無口で無表情だが、幼馴染《おさななじ》みの氷川はなんとなく感情が読み取れる。感覚で清和の気持ちを察することができるのだ。

清和の怒りの矛先はリキに向けられていた。

「清和くん、どうしてリキくんを怒るの」

「…………」

氷川が知らない学生時代から清和は女性に人気があったというが、人の山に決して埋もれることのない際立《きわだ》った容姿を一目見るだけで納得できる。

今では眞鍋組の金看板を背負うとともに権力も握っているし、周囲には若くて魅力的な女性が星の数ほどいる。清和には誘惑が多い。自然と知りもしない女性に対する嫉妬心《しっとしん》がむくむくと込み上げてくる。

氷川は清和の逞《たくま》しい身体に馬乗りになると、白い指で股間を指しながら確かめるように尋ねた。

「それ、リキくんの言う通り僕のだよね？　僕だけのものだよね？」

「…………」

意外にも嫉妬深い氷川は、仏頂面《ぶっちょうづら》で固まっている清和を追い詰めた。

「まさか、ほかの綺麗《きれい》な女の人のものなの？」

「違う」

清和は地を這《は》うような声で否定した。ここで肯定する素振りを見せたら、氷川がどうなるかわかっているからだ。

「僕だけのものだよね？」

「そうだ」

満足できる答えを清和に言わせたが、それぐらいで氷川は引いたりしない。医者としての使命感がある。

「僕のものなんだから見せなさい」

「大丈夫だ」

惚《ほ》れた弱みか、清和は氷川の言うことには余程のことがない限り逆らわない。十歳年上の氷川にきっちりと尻《しり》に敷かれている年下の亭主だが、今朝は顔色一つ変えずに抵抗した。

「ちょっとでいいから、見せなさい」

「…………」

「恥ずかしくないから」

氷川は何度も己の身体に受け入れた清和の分身に手を伸ばした。だが、清和に腰を抱かれてシーツの上にそっと倒されてしまう。渋面《じゅうめん》の清和はそのままベッドから下りようとした。

「…………」

「清和くん、どうして逃げるの」

氷川は清和の広い背中を叩《たた》きながら怒った。

「……………」

「逃げるな」

氷川の日本人形のような顔は闘志が漲《みなぎ》っている。楚々《そそ》とした外見とは裏腹に、氷川の中身はとても激しい。特に清和に関することはなんであっても熱くなった。それだけ、清和が愛しくて仕方がないのだ。氷川は清和がいない生活など考えることすらできなくなっている。

「……………」

「清和くん、いい子だからじっとしててね」

氷川は清和がおむつをしていた頃から知っている。ゆえに、自分とは比べることすらできないほどの美丈夫に清和が成長しても、つい子供扱いしてしまう。もう子供ではなく一人前の男なのだとその身で知っていても。

「……………」

「いい子、いい子、清和くんはいい子」

氷川は呪文《じゅもん》のように唱えながら清和のズボンの前を開く。さすがの清和も端整な顔が引《ひ》き攣《つ》っていた。

「あのな」

「いい子だから、おとなしくしていてね」

氷川は清和の分身を確認する。

言いだしたら聞かない氷川に、戦う前から白旗を掲げている清和は、無言で横たわったままだ。ポーカーフェイスで白い天井を見つめていた。

「痛い？」

氷川は清和の男性器を指の腹で優しく撫でた。

「いや」

「病院に行くほどでもないかな」

専門外なので氷川にはよくわからないが、診察を受けるほどの状態ではないという判断を下した。

「ああ」

「本当に痛くない？」

氷川は子供の頃からさまざまなことに耐え続けた清和を知っている。念を押さずにはいられない。

「もう、触らないでくれ」

端整な顔立ちは崩れていないが、清和は明らかに苦しそうだった。

「痛いの？」

「そういうわけじゃない。とりあえず、もう触らないでくれ」

「ごめんね」

氷川は清和の分身に頰を寄せた。姿形は決して可愛いものではないが、氷川にとっては可愛くて仕方がないものだ。

「ああ」

「早く元気になってね」

「ああ」

氷川は目を眇《すが》めている清和の分身に優しいキスを落とした。チュッという音が響く。もう一度キスしてから、清和の男性の象徴をズボンの中に収めた。いくら可愛くても、いつまでも弄《いじ》くっているわけにはいかない。


ベッドルームの隣に八十畳ほどのリビングルームがあるが、こちらも夢見がちな少女の部屋のようだった。フローリングの床に敷かれているカーペットは淡い色合いのピンク、壁紙は白地にピンクの花柄でとても可憐だ。部屋の中央に置かれているソファはピンク地の花柄で、青いリボンをつけているウサギのぬいぐるみとピンクのリボンをつけているウサギのぬいぐるみがちんまりと仲良く座っている。大理石のテーブルは優雅な猫脚だった。

ベッドルームと同じように家具の色は白で、金具は金、キュリオケースもチェストもデザインはとても優雅だ。ピンクを基調にした造花の鉢植えが部屋のポイントになるように置かれ、部屋の端には白いグランドピアノがあった。氷川も清和もピアノは弾けないし、興味もない。

どこからどう見ても、眞鍋組の二代目の部屋には見えないし、二十九歳の内科医の部屋にも見えない。清和の密《ひそ》かな趣味ではないし、氷川の密かな趣味でもなかった。

清和は直属の舎弟である信司《しんじ》に新しいプライベートルームの用意をさせた。信司は氷川のイメージで揃えたという。

リビングルームに続いているダイニング・キッチンも、可憐という一言ではすまないほど可愛かった。どこもかしこも、白・ピンク・花柄で徹底しているのだ。食器棚に収められている陶器類も、やたらと可愛いもので揃えられていた。天使の置物も飾られている。果ては、男所帯には無用の鏡台まで用意されているのだ。

清楚な氷川の美貌《びぼう》に圧倒される者は後を絶たないが、純情可憐な若い女の子ではない。

「改めて見ても凄《すご》い」

氷川が独り言のようにポツリと漏らすと、すかさず清和が言った。

「先生の好きなようにしてくれ。新しいのを買えばいい」

氷川は信司の感覚がおかしいとしか思えなかったが、文句を言う気はなかった。もともと、インテリアにこだわりは持っていない。

「いいよ、信司くんがせっかく用意してくれたんだし」

「そうか？　俺は先生がいいならなんでもいい」

「でも、あっちもこっちも確かに凄い」

可憐な部屋に最もそぐわない男が無言で佇《たたず》んでいる。眺めていると笑いそうになるので、氷川は口元を手で押さえながらキッチンに立った。

それなりの広さがあるキッチンには、フリルがついた白いエプロンとピンクのエプロンが二枚も用意されている。両方ともお約束のように可憐な新妻用だ。

「このエプロンは僕のだよね」

氷川は苦笑を漏らしながら、白いエプロンを身につける。朝食を作るために冷蔵庫を開けた氷川の目が丸くなった。

「あ……」

白いレースのテーブルセンターがかかったダイニングテーブルにつこうとしていた清和が、眉《まゆ》を顰《ひそ》めながら尋ねてきた。

「先生？　どうかしたのか？」

「冷蔵庫の中に何も入っていない」

まかり間違っても清和が食材を買ってくることはない。清和はキッチンにすら一度も立ったことがなく、養父母家から独立して氷川と暮らすまでいつも外食だった。慎《つつ》ましい生活を送ってきた氷川は戸惑うしかない。

独身の信司は冷蔵庫の中まで頭が回らなかったようだ。

「そうか」

「どうしよう」

「出前でも取るか？　モーニングでも食べに行くか？」

「外食させたくないのに」

清和の肉食嗜好《しこう》は半端《はんぱ》ではない。自分がいない間の清和の食生活など、氷川は聞かなくても手に取るようにわかった。

「………」

「今日はしょうがないか」

トーストとベーコンエッグのモーニングセットを食べ終えてから、氷川はスーツに袖《そで》を通す。氷川は自分のネクタイだけでなく清和のネクタイも締めた。黒のスーツに身を包んだ清和は素性《すじょう》を隠しきれない迫力を備えている。紛《まぎ》れもなく、屈強な極道を従えている眞鍋組の二代目だ。

二代目組長・橘高清和を頂点とする眞鍋組とチャイニーズ・マフィアとの凄絶《せいぜつ》な抗争は、手打ちの儀式も終結宣言もなく終わった。眞鍋組のシマは平穏を取り戻している。清和は今回の抗争で極道としての名前を上げたが、無傷ではすまなかった。構成員が何人も命を落としたし、負傷者も少なくはない。

氷川を庇《かば》って生死の境を彷徨《さまよ》ったショウこと宮城翔《みやぎしょう》も負傷者の一人だ。ショウは一見暴走族上がりの構成員で、どこぞのチンピラといった風情《ふぜい》だが、中身はとても礼儀正しくて清々《すがすが》しい好青年だった。清和が見込み、氷川のボディガードにつけた眞鍋組の幹部候補である。

氷川は清和のもとに来て以来、勤務先への行き来はすべてショウがハンドルを握る黒塗りのベンツだった。原則的に、氷川は一人で出歩くことが許されていない。氷川は自分の立場にまだ慣れていなかったが、でも、清和の言いつけを守るように心がけている。

送迎係がやってくる約束の時間きっちりに、インターホンが鳴った。

これまでならば玄関口にショウが立っていたが、現在は絶対安静の身だ。

玄関口にショウの暴走族時代からの友人でホストクラブ・ジュリアスのナンバーワンである京介《きょうすけ》が、優雅な微笑を浮かべながら佇んでいる。京介はメディアにもカリスマホストとして頻繁に登場しているが、見る者を圧倒させる華やかな美貌は類を見ない。ブランド物の白いスーツを綺麗に着こなしている姿はさすがだし、金のカフスボタンも柑橘系《かんきつけい》のコロンもしっくりと馴染んでいる。

「おはようございます」

京介は眞鍋組の縄張りにあるホストクラブで働いているが構成員ではない。誰とも杯《さかずき》を交わしていない完全な一般人だ。本来ならば氷川の送迎を引き受ける立場ではない。ホストとしての日々も多忙を極めているのに、暴れているショウに成り代わって、氷川の送迎係を買って出た。

氷川は屈託のない京介を気に入っている。清和も京介を見込んでいて舎弟にしたがっていた。

「京介、任せていいんだな？」

何かあったら氷川を命がけで守ってくれるのか、と清和は京介に確認するように尋ねている。

京介は長い睫毛《まつげ》に縁取られた目を揺らしながら答えた。

「二代目の大事な姐《あね》さんは必ずお守りします」

「うちの組に……」

京介は清和にすべてを言わさない。清和の言葉を遮るように手を振りながら、はっきりと言った。

「俺にヤクザは無理です。二代目は好きですがヤクザは嫌いです。申し訳ありません」

清和に怒った気配はまったくない。それどころか、どこか楽しそうだ。

「はっきりと言いやがる」

「俺、ショウがヤクザになる時、さんざん反対しました」

その時のことを思い出しているのか、京介の美貌が曇った。

「ショウから聞いている」

「そういうわけなので、組への勧誘はやめてください。先生、行きましょう」

氷川は華やかな微笑を浮かべている京介とともに、エレベーターで地下の駐車場に降りた。

ロールスロイス、リンカーン、キャデラック、フォード、ランドローバー、ルノー、ボルボといった、高級車が競うように並んでいる。ジャガーのXKとアストンマーティンのV12ヴァンキッシュDB7とベントレーのベントレーアルナージTは、清和が所有している車だ。今まで氷川が乗っていた黒塗りのベンツは処分された。氷川用として新しい黒塗りのベンツが用意されている。しかし、京介は自分の愛車である赤いフェラーリのドアを氷川のために開けた。

「どうぞ」

「ありがとう」

ドアを閉めた京介は、すぐに運転席に乗り込む。ショウと同じように難なく車を発進させた。氷川の同僚医師のように車が思うように動かないという危なっかしさはない。

京介がハンドルを操る車は、眞鍋組の総本部がある大通りをすぐに通り抜ける。車窓は朝の繁華街からどこにでもある普通の街並みに変わった。ショーウィンドウのディスプレイなどには秋の風物詩が登場している。

「二代目、いい顔をしていましたね」

楽しそうな京介から話しかけられて、氷川は戸惑ってしまった。

「……え？」

「先生が戻るまで、えっと昨日までですね、二代目は恐ろしいほどピリピリしていましたよ」

修羅《しゅら》の世界で戦っていた清和がどれだけ苦しかったか、氷川は聞かなくてもちゃんとわかる。清和は少しでも弱みを見せたらおしまいだ。

氷川は清和がどのような冷徹な指示を組長として構成員に下したのか、詮索《せんさく》するつもりはいっさいない。清和が無事に自分のもとに戻ってきてくれたのだから。

「清和くんもリキくんも無事でよかった」

氷川のしみじみとした言葉に、京介も綺麗な目を細めながら頷《うなず》いた。

「そうですね」

「ショウくんは……もう……」

「ああ、ショウのこと、聞きましたか」

氷川を守り抜いたショウは生死の境を彷徨ったが助かった。順調に回復していたものの、絶対安静の最中、ショウは点滴を外して、眞鍋組のシマで刃物を振り回しているチャイニーズ・マフィアのもとに飛び込んでいった。『やられたぶんはやり返す』と凄みながら。

結果、一日も早く完治してほしいと氷川が願ったショウの怪我《けが》は悪化した。当分の間は絶対安静に面会謝絶だ。眞鍋組の武闘派はショウの心意気を手放しで称《たた》えたが、清和やリキにしてみれば詰《なじ》りたくなる行為だ。氷川にしても『馬鹿《ばか》』という一言しかショウに向けられなかった。

「馬鹿」

「俺もそれしか言えません」

馬鹿、あんな奴はもう知らねぇ、と京介は熱血チンピラを実践したショウに凄《すさ》まじい悪態をついていた。氷川は京介の気持ちがよくわかる。

「ショウくんはどこにいるの？　僕も会いたい」

ショウと話ができなくてもいい、一目見るだけでもいいのだ。

「俺も本当ならショウの居場所なんて知らないはずなんですけどね、俺が先生に言ってもいいのかな？　二代目にでも聞いてください」

　氷川は清和の妻という立場にいるが眞鍋組の兵隊ではない。極道の妻は組にはいっさい口を挟まないものだ。そのように清和の義母《はは》から聞かされていた。

「わかった」

「ま、ショウは元気でしたよ。呆《あき》れるくらい」

　元気のないショウなど、氷川は想像できない。いつでもショウは潑剌《はつらつ》としていて機敏だ。

「よかった」

「元気だけがありすぎるのも困りますけどね」

「そうなの？」

「ショウ、入院なんてしたことないっスからね。退屈でしょうがないんですよ」

　退屈を持て余している入院患者には、氷川もさんざん悩まされている。特に、患者の大半は付近に広がっている高級住宅街の住人なので、病院であっても特権を駆使しようとするのだ。病室をホテルの一室と同じように考えている患者もいた。

「本でも差し入れようか」

　氷川は退屈を紛らわすものといえば、書物ぐらいしか思い浮かばない。

「ショウは先生の気持ちを無駄にするような男、というか頭の持ち主なんです。先生の気持ちを無駄にしたくないので先に聞いておきます。先生はショウにどんな本を渡すつもりですか？」

　京介はハンドルを左に切りながら、筆で描いたような眉を顰める。

　指摘された通り、ショウの興味のない書物を渡しても邪魔になるだけだ。氷川はショウの嗜好を考えるがまったく見当もつかなかった。

「ん……ショウくんはどんなのを読むんだろう？」

「あいつ、俺が知る限り本なんて読みません。好きなのはエロ本です。それも女優のヘアヌード写真集なんかのアート系入りじゃなくて、ソレ用のエロ本が好きです」

　京介の口から語られるショウの嗜好に、氷川は目を見開いたが非難はしない。健康な男だから当然だ。

「あぁ……」

「すでに俺や宇治《うじ》がエロ本やＡＶをさんざん差し入れました」

　宇治はショウと同じく暴走族上がりの清和直属の舎弟の一人だ。

　暴走族を上がった後、ショウと宇治はヤクザになり、京介はホストになった。華やかな美貌で極道は不利だが、そういう理由でショウや宇治と違う道を進んだわけではない。京介は極道を心の底から嫌っている。そのことは氷川も知っていた。

「それでも退屈を持て余しているの？」

「病室でじっとしているのが辛《つら》いようです」

氷川はショウの苦悩が今ひとつ理解できなかった。

「わからない」

「俺だってあいつはわかりません」

ハンドルを右に切りながら、京介は目だけで笑った。

「長い付き合いなんでしょう?」

「長いといえば長いですね」

「一緒に暮らしているんでしょう?」

ショウは京介のマンションで暮らしていた。

「一緒に暮らしているっていうのは語弊があるかもしれませんね。ショウは食わせてもらっていた女に逃げられたら、決まって俺のところに転がり込んでくるんです。食わせてくれる女ができたら出ていきますが、それまであいつは食費も家賃も入れません。とことんふてぶてしい奴ですよ」

京介が語るショウは清々しい好青年から果てしなく遠い。氷川は言うべき言葉が見つからなかった。

「ショウくんて……」

「ショウはよく考えてみたら、いえ、よく考えなくてもろくでもない奴ですね」

京介が吐き捨てるように言ったので、氷川はショウを力いっぱい庇った。

「いい子だよ」

「先生、肩に力が入っていますよ」

喉《のど》の奥で笑った京介に、氷川は微笑《ほほえ》んだ。

そうこうしているうちに、明和病院の建物が視界に入る。緑が生い茂っているちょっとしたスペースで車は停《と》まった。いつもの停車位置だ。

「先生、帰りもメールをくださいね。お迎えにあがります」

「京介くんもお仕事があるんでしょう？　いいよ」

仕事帰りのホステスや風俗嬢が客の大半を占めるホストクラブでは、深夜から明け方が勤務時間だ。ホストである京介の生活サイクルは常人とほぼ正反対であった。京介は売り上げナンバーワンの看板ホストなので重役出勤が多いが、同伴デートやアフターはきちんとこなしている。本来なら今頃、仕事を終えて寝ているか、アフターの女性客と食事でもしていたはずだ。

「俺が先生と一緒にいたいんです」

サラリと言った京介にそういう下心は微塵《みじん》も感じられない。京介にやんわりと宥《なだ》められているような気がしたので、氷川は尋ねた。

「ホストだけあって口が上手《うま》い。女の人にもそういうことを言ってるの？」

「俺が先生を口説いたら、二代目に殺される前にショウに殺されます。あいつのことだからバイクで轢《ひ》き殺《ころ》されますね」

大型バイクを乗り回していた頃のショウの武勇伝は、氷川も噂《うわさ》で聞いている。自分に対しては最大限の礼儀を払うショウからは、どうしたって想像できない。

「いや、僕を口説くとかそういうんじゃなくって」

「はい、わかっていますよ。でも、本当に気にしないでください。俺は好きでやっているんですから」

花が咲いたような京介の笑顔に、氷川は抗《あらが》えなくなる。

「ありがとう」

「どういたしまして」

氷川のためにドアが開けられる。京介の華やかな美貌に見送られながら、氷川は病院に向かった。


院内での仕事はいつもと変わらない。氷川は真面目《まじめ》にこつこつと一つずつ仕事をこなしていった。

氷川が遅い昼食を摂《と》ろうとした時、病棟から連絡が入る。若い看護師は手のかかる患者に参っていた。

「今から行きます」

氷川は内線電話を切ると、内科病棟に向かう。

個室には氷川の担当患者である那須《なす》が入院していた。大手化粧品会社の代表取締役社長で付近に広がっている高級住宅街の住人だが、当然のように自分の持っている権力を駆使しようとする。

氷川はノックをした後、ドアを静かに開けた。

「那須さん、どうされました？」

「氷川先生、今まで何をしていたんですか。呼んだらすぐに来なさい」

大企業の代表取締役社長は、主治医である氷川も社員と同じように考えているらしく、態度は横柄《おうへい》だった。

「申し訳ない、仕事が立て込んでいまして。それで？　どうされました？」

「これを食べなさい」

見舞いの花が溢《あふ》れている病室には、憤懣《ふんまん》やる方ないという表情の那須がいた。視線の先には低カロリー・低脂肪・塩分控えめの病院食がある。担当看護師が電話口で言っていた通り、那須は病院食の味に対して怒りまくっていた。

「那須さんのための昼食です。辛いかもしれませんが、口養生してください」

おしなべて、病院の食事は不味《まず》い。明和病院の食事も不味いと評判だった。改善される気配は今のところない。

「戦時中でもないのにこんな不味いメシが食べられますかっ」

毎日毎食、最高級のワインや日本酒を飲みながら、松阪牛《まつさかうし》のサーロインステーキだの天麩羅会席《てんぷらかいせき》だのフランス料理のフルコースだの食べていたら、どんな健常な者でも遠からず生活習慣病患者だ。那須は腎臓透析《じんぞうとうせき》一歩手前の危うい状態である。栄養指導を受けさせても食生活が改善されなかったので、今回は入院させることになった。入院は那須の奥方や娘たっての願いでもある。

「このままでは透析です。それだけは回避させたい。これは奥さんや娘さんの願いでもあるんです。口に合わないでしょうが我慢してください」

「不味いにも限度がある。私はなんのために病院に通っていたと思うんですか？　それなのにどうしてこんなことになるんですか？」

自分の健康の責任を医者に負わせる患者は決して珍しくない。

「食事です。原因はただ一つ、那須さんの食生活です」

「食事ぐらいでこんなに悪くなるか」

「運動不足も原因の一つです」

甘い顔を見せたら終わりだ。自分を若いと見くびっている那須に、氷川は医者として対《たい》峙《じ》した。

ベテラン看護師や中年の栄養士とともに、那須をやっとのことで説得する。

氷川は医局に戻って遅い昼食を食べた。病院に出入りしている弁当屋の日替わり弁当だ。製薬会社のＭＲが机に置いていったメッセージ付きの梅のゼリーも食後に食べる。氷川と同じように若手外科医の深津達也《ふかつたつや》も仕出しの弁当を食べていた。ＭＲの営業魂が込められた梅ゼリーも食べたが、それだけでは物足りないらしい。カップラーメンを食べ始めた。深津は目の回るような忙しさのあまり、栄養のバランスを放棄している。ほかにも医者の不養生を実践している医師がいた。

氷川は書類文献に目を通した後、再び病棟を回る。四人部屋の前で入院患者が三人、神妙な顔で立っていた。氷川の顔を見た若い男性患者が安心したような表情を浮かべる。彼の名前は有馬《ありま》、氷川の担当患者だ。

「有馬くん、こんなところで立ち話？」

「先生、実は……その、中にもう一人入院している人がいるんですけど……」

有馬は言いにくいらしく、語尾が小さくなっていく。有馬の傍《かたわ》らにいた中年の男性患者がズバリと言った。

「若い女を連れ込んでいちゃついているんです。カーテンで仕切っていても何をやってるかぐらいわかります。参りました」

有馬と三十前後の男性患者が苦笑を漏らしながら何度も頷いた。

病室をホテルと同じように考えているのか、連れ込んだ女性と淫《みだ》らな行為をする男性患者がいる。何があっても許せることではない。

氷川は目を吊り上げて、患者名を記しているプレートを見た。有馬のほかに、氷川の担当患者がいる。中年の鈴原《すずはら》だ。

「もしかして、鈴原さんですか？」

「はい」

「鈴原さんは退院させます」

氷川は白衣の裾《すそ》を靡《なび》かせながら病室に入ると、白いカーテンで囲まれている鈴原のスペースの前に立った。ベッドが軋《きし》む音と女の喘《あえ》ぐ声が絶え間なく聞こえてくる。何をしているか、確かめるまでもない。

「鈴原さん、氷川です。病室で何をしているんですか、退院してもらいますよっ」

氷川は大声で怒鳴ったが、鈴原からはなんの返事もなかった。それどころか、行為を中断する気配さえない。

「鈴原さん、退院してもらいます。いいですねっ」

氷川はカーテンを開けながら凄んだ。

目の前には予想していた通りの痴態が繰り広げられている。鈴原と若い女性は氷川に気づいているだろうに行為に没頭していた。

「鈴原さん、退院の手続きをしますから」

鈴原は氷川に見せつけるようにしている。もう、話にならない。

氷川はカーテンを閉めると、病室を出る。病室の前で佇んでいた患者に険しい顔つきで挨拶代わりの会釈《えしゃく》をすると、ナースステーションに向かった。看護師長と話し合って、鈴原の退院手続きを取る。看護師長も退院させることに異議はない。氷川は医事課に連絡を入れて会計計算を急がせた。

病室に女性を連れ込んだ担当患者は鈴原が初めてではない。患者曰《いわ》く『こんなことぐらいで怒るな』だ。こんなことぐらい、ですまされることではないというのに。

鈴原は強制退院に文句を言ったが、氷川は取り合わない。内科部長もそうだ。

やりきれない出来事が終わった。


一息ついた時、夜の七時だった。今日は鈴原に振り回されて夕食用のパンもおにぎりも買っていない。数日前に製薬会社のＭＲが置いていった営業魂が込められたチョコレートを、机の引き出しから取り出して食べる。到底空腹は満たされないし、精神的にも身体的にも疲れた。

最後に病棟を回ってから、氷川は帰る準備をした。ロッカーで京介にメールを打ち、待ち合わせ場所に向かう。

日中はまだ暑い時もあるが、夜は完全に秋だった。頬に当たる風もきつい。

どこにいたのかわからないが、メールを送信してから二十分ほどで待ち合わせ場所にやってくる。

京介は真っ赤なフェラーリから降りると、微笑《みつ》みながら氷川のためにドアを開けた。ショウより動作がスマートだ。京介に大金を貢ぐ女性の気持ちもわからないではない。まさしく、夢の国の王子様だ。

「お疲れ様でした」

「ありがとう」

京介がハンドルを握る車は、高級住宅街がある小高い丘を下りた。

「先生、聞いていいですか？」

「どうぞ」

「下駄箱の上にあった天使の置物とか花とか、先生の趣味なんですか？」

プライベートルームの玄関、白い下駄箱の上には、可愛い天使の置物とコスモスの造花のアレンジメントが飾られている。玄関マットは白地にピンクの薔薇の模様が刺繍《ししゅう》された中国製のシルク絨毯《じゅうたん》だ。

「僕の趣味じゃないんだけど」

「まさか、二代目の趣味？」

京介の口元が引き攣っていたので、氷川は苦笑を漏らしながら答えた。

「清和くんの趣味でもないんだ」

「もしかして、二代目の舎弟の誰かが用意したんですか？」

聡《さと》い京介はすべてを言わなくても察知した。

「よくわかるね。そうなんだ」

「普通は二代目の姐さんである先生が好きそうなので揃えると思うんですが、いったい誰が用意したんですか？」

京介は興味津々《きょうみしんしん》といった様子で尋ねてくる。氷川も信司について何か京介が知っているならば聞きたかった。

「信司くんて知ってる？」

信司は清和直属の舎弟で一見すると大学生にしか見えない青年だ。極道というものを理解していないフシもある。

「ああ、あの信司」

信司の名前を聞いた京介は楽しそうに笑いだした。

「そんな楽しそうに笑わなくても」

「いや、あの信司ならやりそうだと思って」

信司の不思議な面は周知の事実らしい。

「部屋じゅう、ピンク・白・花柄で揃っているんだ。なんていうのかな、徹底している」

タオルやバスタオル、布巾《ふきん》の類《たぐい》もピンクに白に花柄しかない。トイレの中はトイレマットからスリッパまですべてピンク一色、トイレットペーパーには可憐なピンクの花が入っていた。トイレの芳香剤はスズランだ。

「信司には先生がそういうふうに見えるんでしょう」

「鏡台まであった」

京介は楽しそうに口笛を吹いた。

「さすが、信司。ショウも言ってましたけど、あいつは本当にわけがわからない男なんだそうです。俺も二度ほど喋《しゃべ》ったことがあるけど、不思議ちゃんでした」

どこかズレている信司をどう扱っていいのか、清和は思いあぐねているようだったが嫌ってはいない。信司が信司なりに清和に忠誠を誓っているからだ。氷川も信司にいっさい嫌悪感《けんおかん》は抱いていなかった。

「どこにでもわけがわからない男はいるんだね」

「信司に悪気はまったくありませんから」

「それはわかってる」

そうこうしているうちに、禍々《まがまが》しいネオンが輝いている眞鍋組のシマにつく。金曜日の夜とあって、いつもより行き交う人の数が多かった。スーツ姿の男と腕を組んで歩いている夜の蝶《ちょう》はいつにもまして目につき、格安のキャバクラに入っていくサラリーマンの団体も少なくはない。基本的に大人の男の歓楽街だが、学生向けのリーズナブルな居酒屋もある。コンパ帰りと思われる学生の団体が駅に向かって歩いていた。

大通りには眞鍋組総本部である眞鍋興業のビルがあり、向かい側に清和の義父《ちち》であり眞鍋組顧問の橘高正宗《まさむね》が経営する橘高ローンがあった。どちらの建物も煌々《こうこう》と明かりがついている。夜はこれからだ。

クラブの前で若い男が二人、暴れていた。

「まさか、抗争？」

チャイニーズ・マフィアとの抗争の名残《なごり》かと氷川は車の中で身構えたが、京介は軽く微笑みながら否定した。

「単なるケンカですよ」

「そう？」

「ええ、チャイニーズ・マフィアだったらもっと派手です」

「そうか」

大通りから離れたところに、清和が責任者を務めている眞鍋第三ビルがあった。氷川を乗せたフェラーリは地下の駐車場に吸い込まれるように入っていく。

「お疲れ様でした」

「ありがとう」

氷川が車から降りた時、駐車場にアストンマーチンが入ってきた。助手席のドアが開くと黒いスーツに身を包んだリキが姿を現す。それから、後部座席のドアを開けた。中から出てきたのは、氷川の大事な清和だ。運転席からは眞鍋組のサメこと鮫島昭典《さめじまあきのり》が降りてくる。サメは迫力を張らせている清和やリキと違い、普通のサラリーマンにしか見えない男だった。

「清和くん」

氷川は清和に手を振りながら近寄った。リキとサメは眞鍋組の二代目姐である氷川に頭を下げている。

「京介、ご苦労だった」

清和が綺麗な笑顔を浮かべている京介に礼を言う。

「構いません」

「ちょうどいい、一緒にメシでも食おう」

清和は京介から傍らに控えていたリキに視線を流した。眞鍋組の龍と虎《とら》の間で無言のやりとりが交わされる。部外者である氷川にも清和とリキの無言の会話の内容はなんとなくわかった。清和は京介のことを諦《あきら》められないのだ。

京介も清和の意図に気づいているらしく、苦笑しながら首を左右に振った。

「今朝もはっきりとお断りしたでしょう。俺はヤクザになるつもりはありません。二代目であってもリキさんであっても橘高のオヤジさんであっても杯は交わしませんよ。それじゃ、失礼します。先生、また月曜日に」

「京介、一度……」

清和の呼びかけも無視して、京介は赤いフェラーリに乗り込むとアクセルを踏んだ。瞬《また》く間《ま》に、走り去ってしまう。

「清和くん、京介くんは無理だよ。ヤクザになる気はないって」

氷川は清和の背中を叩きながら言った。

「先生……」

「京介くんは諦めようね」

「いい奴なんだ。眞鍋にほしい」

「僕は反対する。でも、眞鍋組を解散して普通の会社にするんだったら賛成する。僕も京介くんを説得してあげる」

氷川にしてみればホストという職業にもいいイメージを持っていない。女性に夢を売る商売だと京介から聞かされていたが、納得できないのだ。

「そういう話はしないでくれ」

清和は古い体質の眞鍋組を変えようと躍起になっている。そもそも、チャイニーズ・マフィアとの抗争は眞鍋組の古い世代との戦いの延長戦のようなものだった。氷川がこの場所で言うべきことではない。抗争後、駐車場に設置している監視カメラは増えている。

「じゃあ、僕はショウくんに会いたい。話せなくてもいい、ただ無事を確認したいんだ」

「わかった」

面会謝絶の重体と言っていたが、清和は簡単に許した。

「今、ショウくんはどこにいるの？」

眞鍋第三ビルには株と相場の事務所がある。

七階はちょっとした病院以上に医療設備が整ったフロアであった。瀕死《ひんし》の重体のショウが運ばれたのは七階である。

「十階にいる」

「七階は？」

「修復中だ。十階に移した」

眞鍋組の医務室ともいうべきフロアは十階になっていた。ダイナマイトの一本や二本ではビクともしない、とリキが言い放った通り、ビルの外観に変わりはないが、内部は痛手を受けている。

「連れていって」

「ああ……」

「ありがとう」

十階のフロアに一歩足を踏み入れた途端、医療施設独特の匂《にお》いが鼻をついた。勤務先の明和病院でもないのに、氷川は一瞬にして医者の顔になる。これはもう医者である氷川の条件反射のようなものだ。

広々としたフロアに並んでいるいくつものベッドの上で、包帯を巻かれた組員が何人も寝ていた。

意識のある組員は清和と氷川の登場に、無理やり起き上がろうとする。自分が仕えている二代目組長と二代目姐に挨拶をするためにだ。

ポーカーフェイスの清和が低い声で制した。

「挨拶はいい」

清和直属の舎弟である宇治が深々と腰を折っていた。額と頰に絆創膏《ばんそうこう》を貼《は》っているが、元気そうだ。

「お疲れ様です」

「ああ、木村《きむら》先生は？」

清和の質問に、宇治は医療フロアの端を人差し指で指しながら答えた。

「あちらで寝ています。起こしましょうか?」

医薬品が収められている棚や医療器械が置かれているスペースの端にある診察台の上には、モグリの医者の木村が寝ていた。診察台の下には缶ビールの空き缶がたくさん転がっている。誰が飲んだのか、なんて聞く必要はない。

「いい」

大きないびきをかきながら寝ている木村に、氷川は胸が熱くなった。

「清和くん、木村先生はずっとここにいたの?」

「そうだ」

「大変だったろうね」

ざっと数えて三十人近くの患者を木村は一人で診《み》たのだから、精神的にも体力的にも辛かったはずだ。まして、清和の本拠地ともいうべきこの第三ビルは襲撃の的となっていた。それなのに、木村は弱音を一言も吐かずに乗り切った。腕がいい外科医だということは専門外の氷川でもわかる。

木村と一度ゆっくりと話がしてみたい、と氷川は切に思う。

「暇があると飲んでいるから、忙しくなってよかったんじゃないか」

清和がなんでもないことのように言ったので、氷川は目を吊り上げてしまった。

「清和くん、なんてことを」

「あのままじゃ、そのうち、アル中になる」

清和は木村の度を過ぎた飲酒を心配しているようだった。氷川も同じ懸念《けねん》を清和に抱いている。

「その言葉、清和くんにも」

「俺はそんなに飲んでいない」

「未成年なのに、そういうことにしておいてあげる。で、ショウくんは？」

帰宅した清和の身体から漂ってくるアルコールと香水の匂いに、氷川は何度も目を吊り上げたものだ。

「ショウは隔離されている」

「そんなに、悪いの？」

ほかの患者から隔離させるほど容態が思わしくないのかと、氷川の黒目がちな目が一瞬にして潤んだ。

「頭がな」

渋面の清和は吐き捨てるように言った。

「え？　脳に異常が出たの？」

「いや……」

「脳の異常なの？　清和くん、はっきり言って」

「会えばわかる」

木村がいびきをかきながら寝ている診察台の奥に個室があった。外からは入れるが、中からは出られない部屋だ。壁の半分ほどガラス張りになっている。氷川は容態の思わしくない患者の病室に入るのと同じぐらい緊張していた。守ってくれてありがとう、がショウに対する挨拶の言葉だ。

「ショウ、入るぞ」

清和がノックもせずに、病室に入る。続いて足を踏み入れた氷川は、予想外のショウの姿に硬直した。

「……先生？」

いたるところに包帯が巻かれているショウは、あられもない姿の若い美女を二人もベッドに引きずりこんでいた。

髪の毛の長い美女は薄手の黒いワンピースを身につけているが、ピンクのレースがついた黒い下着は白い床に落ちている。下半身を覆うものは何もなく、肉付きのいい臀部《でんぶ》が明かりの下に晒《さら》されていた。ショウの右手は女性の最も奥まったところを弄っている。

もう一人の女性の水色のブラジャーは外れかかっていて、水色のリボンがついた白い下着は右の膝《ひざ》でひっかかっていた。床には女性の衣服らしきものが落ちている。ショウの左手は女性の一番際どい場所を触っていた。

「ショウくん、怪我人のくせに何をやっているのーっ。ここが病院だったら退院させているよーっ」

怒り心頭の氷川は大声で怒鳴った。

病院をホテルと間違えているような入院患者がいて、病室に女性を連れ込んでは淫らな行為をする。もちろん、見つけたら強制退院だ。氷川は今までに何度も病院をホテルのように使用した入院患者を退院させた。一度でも見逃したらどうなるかわからない。

特権階級に属している患者は鼻で笑いながら氷川を窘《たしな》めたものだ。これぐらいで怒るな、と。

本日もごねる鈴原を退院させたばかりだ。

「先生、出してくださいーっ」

ショウは左右に侍《はべ》らせていた女性を摑《つか》んだまま大声で叫んだ。

あまりの迫力と言葉の内容に氷川は目を丸くした。『病院から出せ』と叫んだ患者は今までに一人もいない。

「……え？」

「もう寝てるのはいやっス」

ベッドから下りようとするショウを、二人の女性が必死になって宥めている。豊満な身体で押さえつけているようなフシもあった。

「寝てるのはいやって、ショウくんは絶対安静でしょう」

身を挺《てい》して氷川を庇った傷では生死の境を彷徨っている。また、更に悪化させるようなこともしている。

それでも、口だけは達者だ。いや、下半身も元気だ。

「身体が腐る。もう、いやだ。点滴もイラつくだけっス」

ショウは若いうえ、身体を鍛えているので、信じられない速さで快方に向かっていた。

「ショウくんは本当に危なかったんだよ。助かったのが奇跡なんだ。僕を守ってくれてありがとう」

氷川はやっとのことで言いたかった言葉をショウに向けた。ショウにはいくら感謝しても足りない。

だが、ショウは流した。

「あ？　そりゃ、当然です。それでね、マジにもう寝てられません」

ショウは命がけで氷川を守ったことをなんとも思っていない。当然のことをしただけなのだ。

「動いたら痛いでしょう」

「じっとしてるほうが痛い」

「悪化するから暴れないで」

「もう、大丈夫です」

　ショウの身体が本当にもう大丈夫なら、木村がさっさと解放しているだろう。木村は患者をいつまでもベッドに縛りつけるような性格をしていない。

「今、ここでちゃんと治しておかないと駄目なんだ。こういうのはね、後から出てくる」

　後遺症に苦しむ患者は多かった。

「そんなの、気合で治します」

『俺の病気は酒で治す』と豪語しているアル中オヤジと同じようなことを、ショウは言い放った。

　酒で病気が治ったら、この世から医者は消失するに違いない。氷川は医者の顔でぴしゃりと言った。

「気合で治ったらこの世に医者はいりません」

「治してみせます」

「医師生命をかけてもいい、気合だけじゃ治らない。たまにはゆっくりするのもいいでしょう」

　ショウには絶対に負けられない、と氷川は勢い込んだ。気合で怪我が完治したら、その場で医師免許を捨てる。

「退屈なんですよ」

ショウは泣きそうな顔で手足をばたつかせている。

「エロ本があるでしょう」

床の上には大衆向けの週刊誌や男性向けの雑誌が山のように積まれていた。京介や宇治が差し入れたと思われる成人男性向けのグラビア雑誌も、数え切れないほどある。

「飽きました」

「ＡＶがあるでしょう」

何本ものＡＶが床に積まれていた。個室には小さなテレビが置かれているし、トイレや洗面台も設置されている。

「飽きた」

「本物の女の子がいるでしょう」

病室に女性を連れ込んだことに対して怒鳴ったのも束《つか》の間《ま》、氷川はショウを宥めるアイテムとして若い女性のことを口にした。血気盛んな男を静めるには、若くて綺麗な女性が一番効く。

「リキさんが回してくれた女とも京介が回してくれた女とも、もう何発もヤった」

リキと京介が暴れるショウに若い女性を送り込んだと聞いて、氷川は驚いたけれども、それについてはコメントを避けた。

「もっとヤればいいでしょう……って、ショウくんは絶対安静じゃないの？」

「とりあえず、ベッドでじっとしているのがいやっス。ここから出してください」

ショウは駄々をこねる子供のようだった。氷川はこんなショウを今までに一度も見たことがない。

「駄目」

「もう、いやだ。抗争で身体を張ってるほうがいい」

「なんてことを言うの」

氷川は腹の底から凄んだが、ショウは負けていなかった。それほど、ベッドの中で過ごす日々が辛いのだ。

「マジに寝てるだけってイライラするんです」

「女性ホルモンでも打とうか」

女性ホルモンを注射するとおとなしくなるという説がある。木村はショウに女性ホルモンを打ちたがっていた。氷川も暴れるショウに女性ホルモンを打ちたくてたまらなくなってくる。

「うっ……」

「お願いだから安静にして、早くよくなって」

病床のショウを改めて見た氷川の目に大粒の涙が溢れる。

その瞬間、ショウは静かになった。どうにも、氷川の涙には弱いのだ。

「はい、すみません」

「ショウ、泣かすな」

清和の言葉にもショウは神妙に答えた。

「すみません」

「もう、二度とこんなことがないように」

氷川は愛しい清和の顔をじっと見つめる。

平穏な日々が続くことをひたすら願った。

2

翌日の土曜日の朝、氷川《ひかわ》がネクタイを締めていると、清和《せいわ》が形のいい眉《まゆ》を顰《ひそ》めながら尋ねてきた。

「今日も仕事か？」

医者は見た目よりも遥《はる》かに激務で休日は滅多にない。精神的にも身体的にもタフでないとやっていけない職業だ。清和は氷川のハードな日々を以前から心配していた。仕事をせず遊んでいればいい、が氷川に対する清和の想《おも》いだ。

「大学のほうに行かないと駄目なんだ」

氷川は清水谷《しみずたに》学園大学の医局から明和《めいわ》病院に派遣されている医局員だ。明和病院は院長を筆頭に清水谷学園大学を卒業した医者が多く、俗に『清水谷系』と呼ばれていた。医局からの派遣先として明和病院はそんなに悪い病院ではない。上には上があり、下には下があるが、医者としてはまずまずのコースを歩んでいる。これも血の滲《にじ》むような努力の結果だ。

「送る」

眞鍋《まなべ》という組織の頂点に立つ清和も多忙を極めている。今日は久しぶりの休日だ。もっとも、何かあればすぐに出ていってしまうけれども。

「いいのに」

「いや、送らせてくれ」

せっかくの清和の申し出を拒むこともない。氷川は微笑《ほほえ》みながら頷《うなず》いた。

「ありがとう」

清和は子機を取ると、リキに連絡を入れた。

いついかなる時でも、清和は一人で出歩いたりしない。自分に自信がないからではなく自分の立場をよく知っているからだ。清和は腕《うで》っ節《ぷし》の強さでは眞鍋組随一と目《もく》されている実力者のリキを片時も離さなかった。

リキも決して清和を一人にしなかった。

氷川の出身大学である明治創立の清水谷学園は日本有数の名門校で、首相や著名な文学者など、各界で活躍している人物を多く輩出している。医学界においても清水谷の評価は高い。

偏差値の高さは言うに及ばず、文武両道を掲げている武道奨励校でもあった。柔道部と剣道部の強さは有名だ。中等部や高等部には柔剣道が授業に組み込まれている。内部上がりには有段者が多かった。

大学までリキが黒塗りのベンツを運転する。氷川は清和と一緒にゆったりとした後部座席に座っていた。寡黙なリキや清和が相手だと車中の会話はあまり弾まない。普段、リキと清和がどんな会話をしているのか、氷川はこっそり覗《のぞ》いてみたくなってしまう。

「リキくん、そこでいいよ」

医学部の建物がある手前で氷川は声をかけた。リキは運転席から降りると、氷川のためにドアを開ける。氷川は眞鍋組に来て以来、車のドアの開閉をした覚えがない。

「お疲れ様でした」

「ありがとう」

「帰りも必ず連絡をください」

リキは切れ長の目を細めながら念を押した。

氷川はリキに軽く頷くと、医学部の校門に向かって歩きだした。心地よい秋の風が吹いていて気分がいい。

「わかった」

進行方向である校門から、法学部の教授の利根川貞雄《とねがわさだお》が早足で歩いてくる。利根川は義父である氷川正晴《まさはる》の知人で、氷川も昔から知っていた。性格はサバサバとしていて嫌みがない。少年のまま大人になったような中年男だ。

氷川は歩きながら利根川に頭を下げた。

「諒一《りょういち》くん、久しぶり」

利根川は昔から氷川を『諒一くん』と呼んでいた。幼い清和は氷川を『諒兄ちゃん』と呼んでいたが、今は決してそう呼ばない。お互いの立場は変わったのだと主張したいのだ。氷川にしてみれば一抹の寂しさを感じないわけではなかった。

「お久しぶりです」

「今のは高徳護国義信《たかとくごこくよしのぶ》くんじゃないか？」

氷川は興奮している利根川の言葉が一瞬理解できなかった。

「は……？」

「ほら、さっき、諒一くんが降りた車のドアを開けていた大男だよ。高徳護国義信くんじゃないのか？」

氷川のためにドアを開けたのはリキだが、高徳護国義信という名前ではない。第一、利根川に眞鍋組との関係を知られたくない。どんなに言葉を尽くしても理解してくれるとは思えないからだ。氷川は笑顔ですっ呆《とぼ》けた。

「今のはちょっとした知り合いなんですが、その高徳護国義信くんという方ではありません。何か、物々しい名前ですが、どういう方なんですか？」

赤ん坊から老人まで、生活保護を受けている患者から金と暇を持て余している患者まで、隣の国の国籍を持つ患者から日本の裏側の国の国籍を持つ患者まで、病院にはありとあらゆる人物がやってくるが、高徳護国は初めて聞く苗字《みょうじ》である。一度でも耳にしたら忘れられない。

「剣道をやっていて高徳護国義信の名前を知らない奴《やつ》はいない。むちゃくちゃ強かった。負け知らずの剣士だ」

利根川は清水谷学園の中等部から入学し、そのままエスカレーター式で大学まで進んだ生粋《きっすい》の清水谷育ちだ。文武両道を掲げている清水谷の生徒らしく、剣道の腕前は五段である。今でも道場に通い、試合にも参加していた。

氷川は大学からの入学組なので、清水谷の武道奨励の洗礼には遭っていない。剣道であっても柔道であっても、氷川は困っていたに違いない。極めつけの運動音痴というわけではないが、激しいスポーツの類《たぐい》は苦手だ。

「剣士ですか」

剣士という言葉自体、氷川には馴染《なじ》みがない。なんというのだろう、時代劇を脳裏に浮かべてしまう。

「高徳護国義信は半端《はんぱ》じゃなく強かった。鬼神《きしん》っていうのかな、もう、何かが憑《つ》いているとしか思えないほど強かったんだ。最強という仇名《あだな》がついていた」

利根川はやたらと強さを強調している。高徳護国義信の強さに魅了されたのか、鬼神ぶりを語る口調はいまだかつてないほど熱かった。

「そうなんですか」

「剣道で有名な高徳護国流の次男なんだ。けれど、ある時からぱったりと姿を見せなくなった。俺は高徳護国流の長男をよく知っているんだが、あいつ、弟の心配で痩《や》せ細《ほそ》っちまった」

氷川はモグリの医者の木村《きむら》から聞いたリキの話を思い出した。

『でも、松本力也《まつもとりきや》・二代目が動いているみたいだから大丈夫だろ』

あの時、二代目、という単語に氷川は驚いた。氷川が知っているリキの前に、氷川が知らないリキがいたのかと。

『は？　松本力也・二代目？　リキくんでしょう？　リキくんの二代目？』

『ああ、姐《あね》さん先生は知らないのか。今、リキって名乗っている男、前はご大層な名前がついていたんだぞ。ま、あいつも本当ならヤクザになるような男じゃなかったみたいだが、どのみち、普通の人生は送れない男だ』

いつも影のように清和に寄り添っているリキこそが、松本力也という男だとばかり思っていた。

氷川の知っているリキが偽名《ぎめい》を使っていることはわかったが、それ以外は謎《なぞ》のままだ。

氷川はどこか遠い目をしながら利根川に尋ねた。

「その高徳護国義信くんてどういう性格でした？」

「ん？　直接知っているわけじゃないからわからないが、真面目《まじめ》でいい男だったという噂《うわさ》だ。頭もよくてな、東大の経済学部を卒業している」

ヤクザに真面目という形容は似合わないが、リキは真面目な極道だ。いい男である。リキが国内最高の偏差値を誇る大学の経済学部を卒業しているのか、氷川は知らない。そんな話は一度もしたことがない。

「そうですか。歳《とし》はいくつぐらいなんですか？」

「二十四か五じゃなかったかな」

眞鍋組の虎《とら》という異名を持っているリキは二十五歳だ。氷川は直感でリキが高徳護国義信だと確信した。

「そうなんですか。ところで、美香子《みかこ》さんの結婚を許したんですか？」

やや強引だったが、氷川は話題を無理やり変える。愛娘《まなむすめ》の美香子の話に利根川は頭を搔《か》いていた。

「美香子も三十を軽く越したからな」

利根川は愛娘の結婚話をことごとく潰《つぶ》してきた父親だ。今、美香子にいい縁談が持ち上がっていることを、氷川は風の噂で聞いていた。

「そうですね。美香子さんを手放したくない気持ちはわかりますが、そろそろ考えたほうがいいかと思います」

「諒一くん、結婚は？」

意味深な笑みを浮かべた利根川に結婚の話を持ちだされて、氷川は手を左右に振る。

「僕はまだ半人前です。結婚できる身分じゃありません」

「もう充分だと思うけどな」

「いいえ」

「氷川家とはどうなった?」

氷川は親の顔も名前も知らない。雪の降る日、施設の前に捨てられていた子供である。十二歳の時に子供のいない氷川夫妻に引き取られた。十五歳の時、氷川夫妻に諦《あきら》めていた実子が生まれたので、跡取り息子として引き取られた氷川の状況は一変した。

不景気の波は医療機関にも及び、氷川の義父が経営する氷川総合病院は傾きかけている。資金繰りに苦しくなった義父が起死回生の手段として選んだのが、氷川と資産家の娘との結婚だった。

氷川は自分でもわからないのだが、どういうわけか女性が愛せない。自分の心を偽《いつわ》って結婚しても不幸な結果を招くだけだ。

氷川夫妻に育ててもらった恩は忘れてはいないが、できることとできないことがある。氷川は携帯に義父の着信が残っていても連絡を入れなかった。清和のもとに身を寄せて以来、なんの連絡もしていない。できるならば、氷川家の人間とは会いたくなかった。

「その……」

氷川が言《い》い淀《よど》むと、利根川は目を曇らせながら右手で謝罪のポーズを取ってみせる。利根川は無用になった氷川家での氷川の待遇に、心を痛めていた数少ない人物だ。

「ああ、すまない。君のお義父《とう》さんに俺は世話になったんで」

「いいえ」

「お義父さんは悪い人じゃない。諒一くんの幸せを心から願っている」

「わかっています」

氷川は腕時計で時間を確かめると顔色を変えた。

「すみません、時間なので」

「ああ、足を止めさせて悪かった。またな」

「はい、失礼します」

氷川は全速力で医局に向かって走った。


清和の携帯にメールを送ると、迎えに来たのはサメと宇治《うじ》だった。運転席でハンドルを操っているのが宇治で、助手席で注意を払っているのがサメだ。

「僕、スーパーで買い物をしたいんだけど」

ショウはいつも氷川の求めに応じて、スーパーマーケットの買い物にも付き合っていた。

宇治はハンドルを持ったまま低い声で唸《うな》っている。サメが苦笑しながら静かな口調で答えた。

「姐さん、とりあえず、一度二代目のところに帰ってください」

「わかった」

氷川がおとなしく引き下がったのは、一刻も早く清和に会いたかったからだ。脳裏は高徳護国義信という男とリキでいっぱいだった。

なんの問題もなく眞鍋第三ビルに到着する。

清和の顔を見た途端、氷川は尋ねた。

「清和くん、リキくんは高徳護国義信くんなの？」

あまり表情は変わらないが、清和は思い切り驚いていた。氷川には清和の心のうちが手に取るようにわかる。

「……先生？」

氷川は利根川から聞いたことを、すべてそのまま清和に話した。長いようで短い時間が過ぎる。

「清和くん、利根川先生は一度見た顔は忘れない人だよ」

「…………」

「リキくんが高徳護国義信くんなの？」

ポーカーフェイスの清和は氷川の言葉から逃げるように視線を逸《そ》らした。それだけで氷川にはわかる。リキは高徳護国義信という鬼神のごとく強いという剣士だ。リキは眞鍋組で最強と目《もく》されている。

「…………」

「僕、清和くんが嘘《うそ》をつくとわかるんだよ」

「…………」

「リキくんが高徳護国義信くんなんだね。どうして松本力也なんていう名前を名乗って眞鍋組にいるの？」

畳みかけるような氷川の質問に、清和は突き放すような冷たい口調で言った。

「組のことには関《かか》わるな」

「それはわかっているけど」

「わかっているのならば実践してくれ」

真上から叩《たた》きつけるように言い放った清和に、氷川は目を瞠《みは》った。非常に面白くないが、楽しくもある。

「ちょっと前までアイスクリームをアイスとも言えなくて『あちゅ、あちゅ』って言っていたのに、なんか生意気」

よちよちと歩いていた可愛《かわい》い清和の大好物はアイスクリームだった。氷川の膝《ひざ》でどろどろになりながら食べたこともある。今でもあどけない清和の顔を思い出しただけで頬《ほお》が緩む。

氷川の最大の攻撃でもある昔話に、清和は仏頂面《ぶっちょうづら》で黙り込んだ。

「車は『ぶーぶー』で自転車は『じゃーじゃー』だったね。あの頃は僕の顔を見たらすっ飛んで来てくれた。可愛かったよ」

氷川家の近所にあったアパートに、幼い清和と派手な母親は暮らしていた。氷川がアパートの前を通りかかると、ボール球のようにころころとした清和が無邪気に笑いながらまとわりついてきた。氷川は懐《なつ》いてくれる清和が可愛くて仕方がなかった。

「僕のことがとても好きだったみたい。喋《しゃべ》れなくても全身で僕のことを好きだって表していてくれたんだ」

「買い物に行きたいんだろう？　行くか？」

清和は顔を微《かす》かに引《ひ》き攣《つ》らせながら話題を変えようとした。

「誤魔化そうとしているんだね」

「…………」

「キスしてくれたら誤魔化されてあげる」

清和は照れくさそうな表情を浮かべると、氷川の唇に触れるだけのキスを落とした。

それから、価格破壊で名を馳《は》せているスーパーマーケットに向かった。氷川と清和を乗せたアストンマーティンを運転しているのは宇治だ。背後からリキが運転する車がぴったりと尾行していることに、氷川は気づいていた。いつでもどこでも、リキが清和から目を離すことがないと知っているからだ。

氷川はリキに声をかけたかったが何も言わなかった。組のことには関わるな、という清和の言葉を脳裏に刻んでいたから。

「清和くん、豆腐を食べようね」

氷川は清和の肉食嗜好《しこう》を知っているが肉売り場に近づくことすらしない。清和は無言でカートを押していた。

「肉の代わりに納豆を食べようね」

清和にたんぱく質は豆製品で摂《と》らせるつもりだ。

「…………」

「小粒がいい？　大粒がいい？」

「…………」

「僕は粒の大きい納豆が好きなんだ。大粒にしておくね」

「…………」

「これから朝はコーヒーじゃなくて豆乳にしようか」

コーヒーから豆乳の変更に、それまで無言で耐えていた清和は初めて抵抗した。

「先生、それは……」

「コーヒーがいいの？」

清和が何を言いたいのか、最後まで聞かなくても氷川にはわかる。

「ああ」

「僕もコーヒー好きだからしょうがないか」

「頼む」

スーパーマーケットでカートを押す清和は、眞鍋組の金看板を背負う昇《のぼ》り龍《りゅう》ではなく、かかあ天下にじっと耐える男だった。苛烈《かれつ》な清和の戦いぶりを知っているチャイニーズ・マフィアが知ったら驚愕《きょうがく》するに違いない。宇治とサメは少し離れたところで、笑いながら清和と氷川をガードしていた。

食料品の清算をすませた後、氷川はスーパーマーケットに併設されている大型のドラッグストアに入る。両手に荷物を持った清和は文句一つ言わずについてきた。

氷川は脇目《わきめ》も振らずに、明るい家族計画という貼《は》り紙《がみ》がぶら下がっているコーナーに進んだ。意表をつかれたのか、清和が荷物を持ったままその場で固まっている。そんな清和に気づいた氷川は小声で言った。

「清和くん、店の外で待ってて」

「………」

「清和くんと一緒だとレジに持っていきにくい」

「………」

氷川は突っ立っている清和の背中を軽く叩いた。

「清和くん、外に行って」

氷川はコンドームのほかに目薬と傷薬とうがい薬を手にした。コンドームを購入するためのカモフラージュではない。

氷川は堂々とした様子でレジに行き、清算をすませる。若い薬剤師はおまけとして新製品のコンドームを買い物袋に入れてくれた。

「清和くん、お待たせ」

「……ああ」

「どうしたの？」

氷川は清楚《せいそ》な美貌《びぼう》とは裏腹の性格をしている。まして、医者だ。コンドームを購入することに躊躇《ためら》いはない。ただ、男である清和と並んでコンドームを買う度胸はさすがになかった。

「次からは誰かに買ってこさせる。先生が買う必要はない」

修羅《しゅら》の道を進む極道だが、意外にも紳士なのが清和だ。純情でもあり、氷川には一途《いちず》な情熱を注いでいる。

「だから、それがいやなんだ」

清和の舎弟に性行為に使用するものを用意されるのはいやだった。顔に似合わない豪胆さを持っているが、氷川には氷川の羞恥心《しゅうちしん》がある。

「…………」

「これから僕が買うから、誰にも頼まないように」

「…………」

「いいね？」

氷川は無言の清和に凄《すご》みながら足早に歩いた。清和は氷川の微妙な心理がよく理解できないようだが、何も言わない。

宇治とサメは肩を震わせながら笑っていた。

氷川はガードについている宇治やサメが笑っていたことなど知らない。笑われていたことに気づいても、その理由はわからなかっただろう。

清和を外に待たせて買ったコンドームは、ベッドの脇《わき》に置いてあるサイドテーブルの引き出しにしまった。鏡台の引き出しの中にあったローションも入れておく。信司《しんじ》が氷川の顔のために用意したローションだが、高級感が漂っているガラス瓶に記された値段を見て驚愕した。

氷川と清和がベッドの上で愛し合う準備はととのっている。

だが、その夜は何もなかった。清和は氷川の身体《からだ》に手を伸ばすこともしなければ、目で強請《ねだ》ることもしなかった。

氷川は清和の温《ぬく》もりを肌で感じただけで安心してしまい、すぐに夢の国へ旅立ってしまった。

自分の寝顔に切なそうな目をした清和が唇で触れていたことを、氷川は知らない。自分の白い肌を調べるように清和が撫《な》で回《まわ》していたことも、深い眠りについた氷川は気づかなかった。もちろん、意識があったならば絶対に許さなかった卑猥《ひわい》なことを清和がしていたなど、氷川は知る由《よし》もない。

夢の中の清和は無邪気に笑っていた。

可愛くて可愛くて、仕方がなくて、氷川は夢の中で清和の頰《ほお》に自分の頰を摩《す》りつけていた。

3

日曜日はこれといって何事もなく、氷川《ひかわ》は清和《せいわ》と一日じゅう一緒に過ごす。

変わったことといえば、ショウの見舞いに行ったものの、途方に暮れたことぐらいだ。外に出たいと暴れる絶対安静のショウに、氷川はほとほと参った。橘高《きったか》から新しい美女が送り込まれているけれども、ショウはすでに見向きもしない。

「先生、ここから出してください」

ショウの右足には逃亡防止のための鎖がつけられていた。隙《すき》があれば逃げようとするショウに、モグリの医者の木村《きむら》も手を焼いているのだ。鎖の長さはとても長いので病室内だけでなくトイレや洗面も自由に行き来できる。木村のせめてもの温情だ。

「綺麗《きれい》な女の子がいるじゃないか。女の子がいるのにどうして逃げようなんてするの？」

肌も露《あらわ》な女性がショウを慰めようと待っている。白い下着が床に落ちているので、やることはやっているようだ。

「もう女はいいっス」

ショウは女性が好きな健康的な男だった。

「女の子、好きなくせに」

「好きだけどもういい」

「とりあえず、暴れないで」

思わず、特権階級という地位を駆使しようとする入院患者とショウを比べてしまった。どちらも甲乙つけがたい迷惑患者だが、まだブルジョワの患者のほうが己の身体《からだ》を治すという気持ちがあるかもしれない。ショウは自分の身体どころか命も大事にしていない。若さゆえの傲慢《ごうまん》というより性格だろう。

「俺をここから出せーっ」

狼《おおかみ》の遠吠《とおぼ》えのようなショウの叫びに、氷川は頭を抱えたが無視した。清和もショウの訴えに反応しない。

月曜日、迎えに来た京介《きょうすけ》を清和は性懲《しょうこ》りもなく眞鍋《まなべ》組にスカウトする。無論、京介にすぐさま断られた。

「先生、二代目って結構しつこいですね」

京介の言葉に氷川は賛同した。

「うん」

「俺、絶対にヤクザにはなりません」

「うん」

その日は宿直で病院に泊まった。緊張が強いられる夜だが、宿直室で震え上がっている新米医師ではない。

救急の常連患者が救急車で運ばれてきた。氷川は的確な処置をする。そういったことが何度も繰り返された。手に負えない患者が搬送されてこなかったので幸運だった。

火曜日、宿直室で朝を迎える。

午後の四時、午前中の喧騒《けんそう》が嘘《うそ》のように静まり返った頃、外来受付から来客の連絡が入る。一瞬、長らく連絡のなかった義父かと身構えた。

「名前は？」

『清水谷《しみずたに》学園大学教授の利根川貞雄《とねがわさだお》さんのご紹介だと仰《おつしや》るだけで名乗ってくれません。おかしな人には思えないんですが』

患者の中には病名を隠したがる者や、病院にかかっていることを周囲に秘密にしたがる者がいる。何者か不明だが、利根川の紹介ならば無下に断ることはできない。

「伺います」

氷川は来客がいる外来の受付に向かった。

午前診がある時間帯ならば薬や会計待ちの患者でごったがえしているが、オープンカウンター式の受付と隣接している薬局の前にある椅子《いす》に座っている患者は少ない。仕立てのいいスーツに身を包んだ若い青年が異彩を放っていた。老人が多い院内で若いというだけでも充分目立つのに、青年の凛々《りり》しい顔立ちは一際《ひときわ》目立つ。

病院に似つかわしくない男、彼か、と氷川が黒めがちな目を細める。すると、若い青年が頭を下げながらやってきた。

「氷川先生ですね？」

清和に知られたら窘《たしな》められるとわかっているが、氷川は清涼感が漂っている青年に警戒心は湧《わ》かなかった。

「そうです」

「利根川先生からお話を聞いてやってまいりました。高徳護国晴信《たかとくごこくはるのぶ》と申します。お忙しいところ申し訳ありません」

高徳護国晴信と名乗った長身の青年は頭を深く下げる。

一度聞いたら忘れない苗字《みょうじ》を聞いて、氷川の脳裏に寡黙なリキの姿が浮かんだ。晴信が受付で名乗らなかったわけがなんとなくわかる。

「高徳護国晴信さん？」

「利根川先生から氷川先生のお人柄はお聞きしていますので、ざっくばらんに話させていただきます。お恥ずかしい話ですが、俺のたった一人の弟が、ある日突然いなくなりました。大学の卒業式に行ったきり、帰ってこないんです。すぐに『家を出る。捜すな』というハガキが届いただけ、以来、どんなに手を尽くしても弟の行方はわかりませんでした」

恐ろしいほど真剣な顔をしている晴信は、堰《せき》を切ったように弟について語った。

「はぁ……」

「弟は無口ですし、表情が変わらないので何を考えているのかよくわからない男だったんですが、基本的には真面目《まじめ》で思いやりのある優しい弟でした。剣道の腕は俺を遥《はる》かに凌《しの》ぎ、最強という呼び名も頂戴《ちょうだい》していたほどです。門下生にも慕われていました。俺の知らないところで、何か人に言えないことをやっていた可能性はありません」

晴信が語る高徳護国義信《よしのぶ》という男にリキがぴったりと合致するが、氷川は何も言うことができない。せいぜい話の間に相槌《あいづち》を打つぐらいだ。

「はぁ……」

「二十二歳の時の弟の写真です」

晴信に差しだされた写真には白いシャツを着ているリキがいた。リキの視線から察するに、誰かが盗み撮りのように撮影した写真だろう。二十二歳のリキは歳《とし》相応に見え、やたらと若々しかったし、若木のようにしなやかなイメージがある。家を出てから並々ならぬ苦労と修羅《しゅら》を経験したのか、今のリキに若さやみずみずしさは微塵《みじん》も感じられない。

「はい」

「先週の土曜日、弟によく似た男が氷川先生と一緒にいるところを見かけたと、利根川先生からお聞きしたのです。弟のような容姿の男は滅多にいないと思います」

氷川は利根川を罵《ののし》りたくなったが、彼の気持ちもわからないではない。弟を血眼《ちまなこ》になって捜している兄を知っていたら、どんな些細《ささい》な情報でも教えたくなるだろう。

「利根川先生にも話しましたが、土曜日に会っていた男は高徳護国義信くんという男じゃありません。僕のちょっとした知り合いです」

「義信のことですから本名を名乗っていないと思います。ちょっとした知り合いとはどういう知り合いですか？」

　リキが家を出た身ならば、高徳護国などという派手な苗字は使えないだろう。

　学生時代の知り合いと答えたら、清水谷学園大学の教授である利根川からどのような質問をされるかわからない。

「古い知り合いです」

「古い知り合いとは？」

　氷川はにっこりと微笑《ほほえ》みながら、誰も知らない時代を告げた。

「施設時代の知り合いです」

「施設？」

「僕は施設の前に捨てられていた子供だったんです。土曜日に会っていたのは同じ施設で育った人です」

　氷川が捨て子だったことは知る人ぞ知る事実だ。院内の医師はすでに知っている。氷川は自分から言いふらすつもりはないが、隠すつもりもない。

「その人のお名前をお聞きしていいですか？」

晴信に氷川を疑っている様子はなかったが、せっかく摑《つか》んだ手がかりに躍起《やっき》になっているように見える。氷川は軽く頭を下げながら言った。

「僕と違って施設育ちであることを隠していますので許してください」

晴信に施設育ちに対する根強い偏見を説明しなくてもよかった。

「そうですか」

「彼はあなたの弟さんではありません」

氷川はリキが高徳護国義信ではないときっぱりと否定した。その瞬間、晴信は大きな溜《た》め息《いき》をつきながら肩を落とす。

「はぁ……」

晴信の落胆ぶりを目《ま》の当《あ》たりにした氷川は無性にいたたまれない。慰めたいが、どう慰めたらいいのかわからなかった。

「なんと申したらいいのかわからないんですけど」

「大事な弟なんです」

弟を思う兄の気持ちは痛いほどよくわかる。氷川も無邪気に懐《なつ》いてくれる清和を本当の弟のように思っていた。いや、心のよりどころでもあった。あどけない清和の笑顔に癒《いや》されていたのは氷川のほうだ。

「わかります」

「どこで何をしているのか心配で」

母親には構ってもらえないどころか満足な食事すら与えられず、母親のヒモのような恋人から虐待を受けていた不憫《ふびん》な清和を、氷川は忘れたことはなかった。公園の水で空腹を紛らわすようなことはしていないように、と切に願っていたものだ。

「はい」

「電話の一本ぐらいくれればいいのに」

「そうですね」

「そもそも、どうしていきなり家を出たのか見当がつきません。弟の悩みに気がついてやれなかった俺が悪かった」

晴信は弟の出奔《しゅっぽん》に責任を感じている。

「そんなに自分を責めないでください」

「俺と弟は母親が違うんです」

異母兄弟とは知らなかったが、よく見ればリキとは顔立ちが違う。晴信にはリキにある陰がいっさいなかった。涼やかな目が印象的でどこまでも爽《さわ》やかな好青年だ。ただ、リキと同じように体格はいい。並み居る剣士の頂点に立つのに相応《ふさわ》しい堂々たる偉丈夫だった。

「そうなんですか」

「俺を産んですぐ母が死にました。高徳護国宗主の父が独り身というのも何かと不自由です。高徳護国流の道場主の娘に『鬼姫』と呼ばれていた女剣士がいまして、父の後妻に入ってくれました。俺にとっては本当の母親以上の存在です。オフクロは何も言いませんが心配していると思います」

晴信の口ぶりから継母にどれだけ愛されて育ったのか伝わってくる。リキも家族から惜しみない愛情を注がれていることがわかった。

「そうでしょうね」

「オフクロのためにも義信をなんとしてでも連れて帰りたいのに」

晴信の気持ちが身に染《し》みてわかるだけに、氷川は辛《つら》くてたまらない。大きな晴信の手をぎゅっと握った。

「きっといつか会えますよ」

「はぁ……」

「願えばいつか必ず会えます」

氷川は心苦しかったが、落ち込んでいる晴信を懸命に慰めた。

その夜、氷川は清和の帰宅を待《ま》ち侘《わ》びていた。インターホンが鳴ったので、氷川は玄関に走っていく。

ドアを開けると、黒いスーツに身を包んだ清和しかいなかった。いつもなら傍《かたわ》らにリキがいて挨拶《あいさつ》の一つもしていくというのに。

「清和くん、リキくんは？」

清和におかえりの挨拶もせずに、氷川はリキの不在を尋ねた。

「帰った」

「どこに？」

形のいい眉《まゆ》を顰《ひそ》めている氷川の質問に、清和は黒い革靴を脱ぎながら答えた。

「自宅」

「逃げたね」

リキは清和の口から高徳護国義信について聞いているのだろう。氷川の詰問《きつもん》から逃げたのだ。

「なんのことだ？」

清和はいつものポーカーフェイスで流そうとしたが、氷川は騙《だま》されなかった。

「惚《とぼ》けても無駄だよ」

「……ん？」

「今日、病院に高徳護国晴信くんが来た。家を出てしまった弟さんを必死になって捜している優しいお兄さんだ。僕は力になってあげたいんだけど」

晴信に会ったことを告げると、珍しく清和の顔つきが険しくなった。空気も一変する。

「先生……」

「リキくんが高徳護国義信くんなのか、僕はもう敢《あ》えて聞かない。でも、弟を必死に捜している晴信くんは気の毒でたまらない。僕はきっと誰よりも晴信くんの気持ちがわかる。清和くん、なんとかしてあげて」

リキを動かすことができるのは清和ぐらいだ。氷川がどんなにリキに懇願しても無駄だということはわかりきっている。

「…………」

清和は鋭い目を更に鋭くさせて考え込んでいた。

「清和くんならできるでしょう？」

「…………」

「僕、先週会ったのは同じ施設にいた人だって、晴信くんに答えているから、そのつもりでいて」

氷川の取った行動を聞いた清和は、ほっとしたようだ。身に纏《まと》っていた空気が柔らかくなった。

「……ああ」

「清和くん、忘れるところだった。手を洗ってうがいをしようね」

氷川は渋面《じゅうめん》の清和を洗面台に連れていくと、手を洗わせてからうがいをさせる。清和は自分で濡《ぬ》れた手と口をタオルで拭《ふ》こうとしたが、傍らでぴったりと張りついていた氷川が阻《はば》んだ。笑みを浮かべた氷川が、清和の手と口をタオルで拭く。清和のことはなんでもしたくてたまらない。

「あ、清和くん、今更だけどおかえりなさい」

氷川はお帰りの挨拶となっているキスを清和の頰《ほお》に落とした。それから、清和に向かって唇を尖《とが》らせる。

どこか照れたような清和から触れるだけのキスが氷川の唇に落ちた。意外にも純情な清和は何も言わない。目だけで愛を語っていた。

天井が高い廊下を歩き、夢が溢《あふ》れているリビングルームに入る。

清和はネクタイを緩めながらピンクのソファに腰を下ろした。あまりにも似合わなくて笑いそうになるが、氷川は必死に耐える。

「清和くん、食事は？」

「食べた」

清和は上着のポケットから取りだした携帯でメールを送っている。氷川は嫉妬深《しっとぶか》いが、送り先を確かめることまではしない。

「何を食べたの？」

職業柄、氷川は清和の夕食のメニューを問《と》い質《ただ》さないと気がすまなかった。

「…………」

「松阪牛《まつさかうし》のサーロインステーキ？　それとも但馬牛《たじまうし》のサーロインステーキ？」

「その話はまたにしてくれ」

清和の反応から夕食のメニューが最高級の和牛の霜降り肉だと知る。氷川の清楚《せいそ》な美貌《びぼう》が瞬《またた》く間《ま》に鬼となった。

「またにしてくれって、何を言っているの」

「…………」

「一度検査をしたほうがいいかもしれない」

氷川は清和に抱きついたが、それは腹部を調べるためだ。医者の目と手で清和の腹部や背中を撫《な》で回《まわ》した。

「…………」

「僕、清和くんには健康で長生きしてほしいから」

十歳という年齢差はどこでどう縮まるかわからない。

「…………」

「ヒットマンに殺される前に病気になったらおしまいなんだよ。わかってるね？」

「わかってる」

「僕、清和くんの死亡診断書を書くのはいやだよ」

「ああ」

清和が低い声で返事をした時、インターホンが鳴り響いた。この清和のプライベートルームを訪れる者は限られている。ショウやリキといった清和の腹心中の腹心と、眞鍋組の顧問であり義父でもある橘高ぐらいだ。

「こんな時間に誰だろ」

氷川が応対しようとすると、手で制した清和が玄関口に向かった。ドアの開閉の音とともにスーツ姿のリキが入ってくる。

可憐《かれん》な花が舞っているような部屋で眞鍋の虎《とら》が頭を下げた。

「夜分に失礼します」

つい先ほど、清和はメールでリキを呼びつけたのだろう。眞鍋の昇《のぼ》り龍《りゅう》が呼んだら、虎はすぐにやってくる。

「リキくん……ああ、やっぱり、自宅に戻ったんじゃなかったんだね。ビルの中にある事務所にいたの？」

氷川は清和とリキの顔を交互に眺めながら軽く笑った。嘘《うそ》をついた清和を詰《なじ》る気は毛頭ないが、皮肉の一つぐらい言いたかったのだ。

清和はポーカーフェイスで話を進めた。

「リキ、メールで送った通り、高徳護国晴信さんが先生のところに行った」

「はい、先生、ご迷惑をおかけしました」

リキは氷川に頭を下げながら詫《わ》びた。

「リキくん……」

「もうお気づきかと思いますが、高徳護国晴信は俺の兄です。俺の本名は高徳護国義信です」

何をしでかすかわからない氷川の性格をよく知っているからか、リキはあっけないほど簡単に素性を口にした。

あまりの潔《いさぎよ》さに、氷川は息を呑む。

「はぁ……」

「清水谷には剣道を嗜《たしな》んでいる方が多いと知っていたのに油断しました」

利根川に姿を目撃されたことはリキにしては珍しい失態だ。

「土曜日、だから帰りはリキくんと清和くんじゃなくて宇治《うじ》くんとサメくんだったんだ」

当初、帰りの迎えも清和とリキの予定だったのに、宇治とサメが迎えに来たので、氷川に密《ひそ》かに驚いていた。

「そうです」

「リキくんが高徳護国流の鬼神《きしん》か」

「今となっては懐かしい思い出です」

口では懐かしいと言っているが、リキの表情に感情はまったく出ていなかった。おそらく、過去を綺麗さっぱり捨てているのだ。

晴信の嘆きを直《じか》に見ているだけに、氷川は辛くなってしまった。

「お兄さん、リキくんのことを心配していた。連絡ぐらいしてあげて」

「俺は二度と高徳護国の敷居を跨《また》ぐ気はありません」

いつもと同じ調子で言ったリキには静かな凄《すご》みがあった。誰であっても固い決心を変えられないかもしれない。

「いったい何があったの？」

氷川は聞かずにはいられなかった。

「一言で言えば流派が真っ二つに割れそうになったんです」

長男の晴信は一角《ひとかど》の剣士で、高徳護国流の宗主として申し分のない男だった。誰もが頼もしい後継者だと期待していた。

だが、次男の義信ことリキがあまりにもできすぎた。剣道の腕は鬼神と仇名《あだな》されるほど、二歳上の兄に一度も負けたことがない。秀才ぶりも抜きんでていて、国内で最も偏差値の高い最高学府に現役で入学して、優秀な成績をおさめた。性格もいたって真面目、何事にも動じない腹の据わった男だ。剣道界じゅうにリキの勇名は轟《とどろ》いた。人はどうしても兄と弟を比べる。そして、誰もが弟を褒《ほ》め称《たた》えた。兄の晴信は自分のことのようにリキへの称賛を喜んだ。

こうなると、面白くないのは晴信についている門人だ。俄然《がぜん》、勢いづいているリキの門人と小競《こぜ》り合《あ》いを起こすようになった。

リキは兄を押しのけて高徳護国の家を継ぐことなど一度も考えたことはなかった。それなのに、晴信はリキに譲ろうとした。

このままでは流派が二つに分かれてしまう。そんな危機感からリキは家を出た。大学の卒業式を終えた後、卒業証書を持ったまま身を隠したのだ。

まるで他人の話のように、リキは過去を語った。

「晴信さんは弟さんが卒業式に行ったきり帰ってこなかったって言っていた」

氷川が晴信から聞いた話をすると、リキは軽く頷《うなず》きながら肯定した。

「そうです」

「どうして眞鍋組に？」

非の打ち所のない文武両道とは、リキこと高徳護国義信のことだ。高徳護国という名家の子息は極道に身を投じるような男ではない。

「高徳護国の門下生に橘高顧問の舎弟で松本力也《まつもとりきや》という男がいたんです。ひょんなことから再会しまして、松本のところに身を寄せました」

「それで？」

「俺を庇《かば》って松本力也が死にました。以来、俺は松本力也として生きています」

氷川が知らない松本力也の死をリキが口にした時、清和の背後に青白い炎が燃え上がった。松本力也が亡《な》くなった時のことを思い出しているのかもしれない。

「リキくん、そんなことが……」

「松本力也は橘高顧問に心酔していました。橘高顧問から松本力也は二代目の右腕になるように頼まれていたんです。ですから、俺が代わりに松本力也として二代目の影となりました。生涯、この決心は変わりません」

自分を庇って死んだ男として生きているリキに、他人があれこれ言う資格がないような気がして、氷川は敢えて何も言わなかった。ただ、弟を思う兄のことは言わずにはいられない。

「お兄さんには？」

「二度と会うつもりはありません。あの兄のことですから、家に帰れと騒ぐだけです」

リキの感情を氷川は読み取ることができないが、兄を嫌っていないことはよくわかった。

「お兄さん、リキくんがヤクザになっていると知ったら卒倒するかもしれない」

リキが背中に彫っている極彩色の虎を見たら晴信がどれだけ嘆くか、清和の刺青《いれずみ》を見た時のショックを覚えている氷川は想像できる。切なくてたまらなかった。

「俺の身体には虎がいます」

家には二度と戻らないという決別の意味で、リキは背中に刺青を彫ったのだろうか。刺青が彫られていく時の痛みは生半可なものではない。

「リキくん、刺青は剝《は》がせるんだよ。いつでも人生をやり直せるんだよ。いい機会だから、リキくんと清和くん、刺青を剝ごう。僕、腕のいい外科医を連れてくるから任せて」

氷川は何度も外科医にならなかったことを悔やんだ。

リキと清和は視線を交差させながら無言で何やら語り合っている。口を開いたのは顔色一つ変えないリキだった。

「姐《あね》さん、その話は二十年後に」

「二十年後、リキくんはまた言うのかな？　その話は二十年後にって？」

「とりあえず、その話はやめましょう」

清和に極道の世界から足を洗わせたいという氷川の気持ちは、再会した時からまったく変わっていない。もう遅いと頭でわかっていてもだ。

「僕はお兄さんの気持ちがわかるから辛い」

「高徳護国には俺がいないほうがいいんです。兄はそれがわからない」

頭が二つある組織は上手《うま》く立ち行かないという説がある。まして、兄の晴信も堂々たる剣士なのだから。

「なんとかしてあげて」

「折を見て連絡を入れます。兄は止めておかないと何をするかわからない」

冷静沈着な弟とは違い、兄はなかなか熱血だ。

「人捜しのテレビ番組に出るかもね」

氷川の脳裏にテレビ番組で弟を呼ぶ晴信の姿が浮かんだ。やりかねないと思ったのか、リキの顔色が初めて変わった。

「高徳護国流の恥というだけでなく剣道界の恥です」

リキが明らかに動揺していたので、氷川は畳みかけるように言葉を重ねた。

「行方がわからなくなった大事な弟を捜すためなら、恥とかメンツとか言ってられない。全国ネットのテレビ番組でお涙ちょうだい劇みたいに泣きまくる。僕が晴信くんだったら思いっ切りやるよ」

氷川の言葉に、リキと清和は目を合わすと苦笑を漏らした。

リキにしろ清和にしろ、弟を思う兄の気持ちは一生わからないだろう。

4

翌日の外来診察で、氷川《ひかわ》は患者として診察を受けに来た晴信《はるのぶ》と再会した。氷川は驚愕《きようがく》したが、追い返したりはしない。内科医として初診の患者に応対した。

「どうされました？」

「頭が痛いんです」

晴信は顔を歪《ゆが》めながら、こめかみを押さえた。

仮病か、そうでないのか、氷川は判断することができない。いや、本当に頭痛がひどいのならば、氷川の診察を受ける必要はないだろう。日光《にっこう》の山奥にある晴信の自宅と明和《めいわ》病院は遠い。氷川に会うためだけに受診したのだ。

「それはいつ頃からですか？」

「義信《よしのぶ》が出ていった日からです」

つい、氷川は苦笑を漏らしてしまった。

「何年前の話ですか」

「義信が出ていって以来、頭痛がひどいんです。あの子はなんだかんだ言って、勉強と剣道しかしていませんから世間を知りません。どこかで困っているんじゃないかと心配で夜も眠れないんです」

氷川はリキが世間知らずだとは思わないが、反論することはできない。安心させることもできないのだ。

「お気持ちはわかります」

「義信、どこで何をしているんでしょう」

独り言のように呟《つぶや》いた晴信の腕に、氷川は触れながら優しく言った。

「きっと、元気でいますよ」

「本当にそう思いますか？」

弱々しい口調で尋ねてきた晴信を勇気づけるために、氷川は首を縦に振りながら返事をした。

「はい」

「どうして？」

晴信の問いに氷川は戸惑ったが、答えに詰まることはなかった。

「晴信くんが弟さんを心配しているから」

「上手ですね」

邪気のない晴信の笑顔に、氷川は黒目がちな目を細めた。

「そうですか？」

「先生、義信に似ているお知り合いに会わせてもらえませんか」

切ない表情を浮かべていたが、晴信ははっきりと要求を述べた。

受診の目的はこれだったのだ。

どうして弟ではないと言った男に会いたがるのか、嘘《うそ》だと見抜いたのか、氷川はひたすら焦《あせ》ったが、晴信をリキに引き合わすことはできない。

「それはお断りします。昨日も申しましたが、彼は施設育ちであることを隠しています」

「プライバシーは必ずお守りします」

「人の口に戸は立てられません」

「俺が信じられないと?」

晴信から心外だと言わんばかりの表情を向けられたが、氷川はまったく怯《ひる》まなかった。

「そうは思いません。ただ、どんなに隠していても、どこからか漏れてしまうのです。こういうのはね。第一、彼は弟さんじゃありません。会ってどうするんですか?」

氷川が厳しい口調で尋ねると、晴信は頭を掻《か》きながら答えた。

「義信じゃないとお聞きしました。でも、義信に似ているのならば会ってみたいんです」

なんとも言《い》い難《がた》い理由を告げられて、氷川は低く唸《うな》ってしまった。だが、氷川は直感で晴信に疑われていることを察知した。

「彼がいやがると思いますのでお断りします」

「先生と喫茶店かどこかにいるところを見せてくださるだけでもいいんです」

しつこく食い下がる晴信に、氷川の顔が引《ひ》き攣《つ》りまくった。

「僕は彼を騙《だま》すようなことはしたくありません。それで、頭痛ですが、頭痛薬は飲んでいるんですか？」

氷川は強引に話を医者と患者に戻した。

「薬はあまり好きではないので」

「頭痛薬を出そうと思ったんですがやめておきましょうか」

「もらっておきます」

「では、お薬を出しておきます。お大事に」

氷川はにっこりと微笑《ほほえ》みながら、晴信の診察を強引に終わらせる。診察室から晴信が出ていった後、大きな溜《た》め息《いき》をついたのは言うまでもない。

とりあえず、非常に疲れた。


外来診を終え、医局で遅い昼食を摂《と》る。それから、病棟を回った。

相変わらず、食通の那須《なす》は病院食に文句を言っている。どんなに罵《ののし》られても、メニューに松阪牛《まつさかうし》の霜降りやマグロの大トロを加えることはできない。ロマネ・コンティや純米大吟醸は問題外だ。どうしてそこまで傍若無人《ぼうじやくぶじん》に振る舞えるのか、那須に尋ねたい心境に陥《おち》いる。

病棟を回った後、購買部で夕食のパンとおにぎりを買った。すると、背後に爽《さわ》やかな笑顔を浮かべた晴信が立っている。

氷川は心臓が止まるかと思った。

「君……」

「氷川先生、ちょっといいですか？」

話の内容は聞かなくてもわかっているが、氷川はわざとすっ呆《とぼ》けた。

「どこか悪いんですか？」

「頭が痛くて」

晴信が頭痛を訴える時はお約束のように、こめかみを手で押さえている。氷川も晴信と同じように、こめかみを手で押さえながら言った。

「今日処方した薬を飲んでください」

「俺の頭痛は薬を飲んでも治らないと思います」

「僕にはどうしてあげることもできません。カウンセリングを受けてみますか？」

晴信にはカウンセリングがなんら効果をもたらさないと思いつつも、氷川は医者の顔で勧めた。

「カウンセリング？　時間の無駄です。先生、俺の頼みをきいてくれませんか？　義信に似ているという知り合いに会わせてください」

「それこそ、時間の無駄です。何度も同じ話を繰り返すことはやめましょう」

氷川は挨拶《あいさつ》代《が》わりの会釈《えしゃく》をすると医局に向かって歩きだす。晴信は真剣な顔で後からついてきた。

「先生、施設ってどちらの施設なんですか？」

「晴信くん、そんなことを聞いてどうするんですか？」

「確かめたいだけです」

どうして確かめる必要があるのか、と氷川は目を吊《つ》り上《あ》げながら強い口調で言った。

「僕と同じ施設で育った人ですから、晴信くんの弟さんじゃないことだけは確かです」

「先生、優しすぎるんですよ」

意を決したような晴信に挑むような目で貫かれて、氷川は驚いた。

「……え？」

「上手《うま》く言えないけど、先生は俺にとても優しい。ただ単に俺に同情しているわけでもなさそうです。どうしてですか？」

氷川は特別晴信に優しくしたつもりはないので戸惑ってしまう。

「弟さんが家出して、必死になって捜しているお兄さんが気の毒で仕方がありません。それだけなんですが」

「でも、先生、優しすぎるんですよ。実は、義信についての情報は今までにもちらほらと入ってきて、俺はいろいろな人に会っているんです。先生より優しい方も親身になってくれた方もいますが、俺に対して無条件に優しかったのは先生だけです。俺が義信をいじめて、それで義信が家出したんじゃないかとか、疑われることも多かったんですよ」

家出した弟を捜す兄、それも母親が違う異母兄弟だ。もしかしたら、兄弟仲は悪かったのかもしれない。兄が弟にひどいことをしていたのかもしれない。そんな疑念を晴信は抱かれたことがあった。

氷川は弟であるリキを知っているので、晴信に対して無条件に優しくなる。

「そんなふうに疑われたことがあったんですか」

氷川は更に晴信に同情してしまった。

「義信なんていじめようがない弟だったんですけどね」

いじめられるリキなど、氷川はどうしたって想像できない。

「利根川《とねがわ》先生から素晴らしい弟さんだったと聞いています」

「俺は利根川先生から氷川先生のことをお聞きしています。失礼かと思いましたが、施設時代のことをお聞きしました。施設時代の知人に一人も心当たりがないそうです。施設がどこにあるのか教えてくれませんでしたけど」

弱肉強食の養護施設時代、女の子のような容姿をしていた氷川はほかの子供たちの攻撃の的《まと》だった。雪の降る日に門の前に捨てられていたことも要因の一つだ。実の親から殺されかかった子供だと。

氷川はもう少し発見が遅かったら死んでいた。

「そりゃ、そうです。利根川先生にはよくしていただきましたが、義父の関係者です。すべてを話しているわけではありません」

施設時代の苦悩、学生時代の惨《みじ》めさ、研修医時代も言葉では言い表せないような苦労があったが、利根川だけでなく友人や知人にも話してはいない。氷川の深淵《しんえん》の闇《やみ》を知る者は限られている。

「まぁ、それもそうですね」

「そうです。それじゃ、僕も忙しいので」

氷川は追《お》い縋《すが》る晴信の前で医局のドアを開けて中に入った。さすがの晴信も医局にまでついてくることはしない。

困った、と心の中で呟きながら氷川は自分の机に向かった。

夜の十時過ぎにロッカールームで京介《きょうすけ》にメールを送る。病院の裏口から出て待ち合わせ場所に向かって歩きだすと、背後から晴信に声をかけられた。

「お疲れ様でした」

氷川は予想していなかった晴信の登場に倒れるかと思ったが、すんでのところで耐えた。こんなところで倒れている場合ではない。

「晴信くん……」

爽やかな笑顔を浮かべている晴信が白々しくなってくるが、氷川はどうしたって憎めない。清和《せいわ》に再会した時のことをはっきりと覚えているからだ。眞鍋《まなべ》組の総本部に乗り込んだことも記憶に新しい。氷川は人違いだと否定する清和をどこまでも追った。

「いつもこんなに遅いんですか？」

今までどこで何をしていたんだ、なんの用だ、と氷川は問《と》い質《ただ》したかったがやめた。答えは聞かなくてもわかっているからだ。

「だいたいそうですね」

「先生、バス停はあちらですよ」

最寄《もよ》り駅《えき》までバスに乗るのならば裏口からは出ない。そもそも、最終のバスはすでに通り過ぎてしまった。

「最終バスはもう行ってしまいました」

「どうやって帰るんですか？」

待ち合わせ場所にはすでに京介がいるが、氷川は素知らぬ顔で通り抜けた。晴信の前でリキに関係のある人物との接触は避けたい。

赤いフェラーリの中にいる聡《さと》い京介ならば、背後にぴったりと張りついている晴信に何か感じてくれると思った。案の定、追いかけてくる気配はない。

「健康のために歩いて帰るんです」

小高い丘にある明和病院から最寄り駅まで決して近くはない。氷川の苦しい嘘を聞いた晴信は目を丸くしていた。

「タフですね」

「タフでないとやっていけないんです」

氷川は軽く笑いながら、なだらかな坂道を下りていく。

「素晴らしい、俺もご一緒させてください」

足腰に自信がある晴信はやたらと楽しそうだった。

「患者さんと病院外で接するのはできるだけ避けたいんです。お断りします」

患者の中にはとんでもない思い違いをして吹聴《ふいちょう》する輩《やから》がいる。晴信が女性だったならば確実に下半身ネタの噂《うわさ》だ。

「俺のことは患者ではなく利根川先生の知人だと思ってください」

「ほかの患者さんに見られたくありません」

患者の贔屓《ひいき》をする医者、なんていうレッテルを貼《は》られるのは避けたい。氷川は冷たくはねつけたが、晴信は引かなかった。

「弟って可愛《かわい》がるもんじゃありませんね。兄の気持ちなんてまったく考えないようになる」

独り言のようにポツリと呟いた晴信があまりにも悲しそうで、氷川は戸惑ってしまった。

「……はぁ」

「残された者がどんな思いをしているのか、あの子はわかっているんでしょうか」

ドライに過去を切り捨てているリキを知っているので氷川は苦しい。晴信と視線を合わせないように進行方向をじっと見つめた。月夜の高級住宅街はどこか幻想的なムードが漂っている。

「さぁ……」

「俺だけじゃない、オヤジやオフクロも心配しています。あの子を慕っていた門下生も心配しています。あの子は何を考えているんでしょうか？　自分が普通の男だと思っているんでしょうか？」

　氷川は返事のしようがない。

「さぁ……」

「俺、テレビの人を捜してくれる番組に出ようかと思ったんですが、ありとあらゆる人に止められました」

　晴信ならばやりかねないと推測していたことが晴信自身の口から出たので、氷川は吹き出しそうになった。

「そうでしょうね」

「でも、俺としては出たい。義信が連絡をくれるならば恥も外聞もありません」

　氷川は晴信の気持ちが誰よりも痛いくらいわかる。

「そうですか」

「先生にも弟さんがいらっしゃいますよね」

　義弟の正人《まさと》が生まれなかったら、氷川は跡継ぎとして大事にされていたに違いない。無条件で愛されている正人が憎くないといえば嘘になるが、今はなんとも思っていない。正人が生まれていなければ、自分は氷川家の後継者として生きるしか道はなかったのだから。

　正人がいたから清和と一緒にいられる。

氷川は正人に感謝しなければならない。

生まれてきてありがとう、と。

単刀直入に尋ねてきた晴信に氷川は笑った。変に気を回されるよりもいい。

「晴信くんは自分よりよくできた弟さんが憎いですか？　それも母親が違う弟さんですよね？　憎たらしくても当然だと思いますが可愛いんでしょう？　それとだいたい同じだと思いますよ」

「はい」

「義弟《おとうと》さんが憎くないんですか？」

「先生も義弟さんが可愛いですか？」

氷川は義父母に褒められるのが嬉《うれ》しくて、必死になって詰め込み式の勉強に励んだ。子供らしいわがままも言わなかった。子供心にも自分がなんのために養護施設から氷川家に引き取られたのか、よくわかっていたからだ。義弟の誕生で一生懸命頑張っていた自分が哀れに思えた。

「両親に愛されている義弟が羨《うらや》ましくないといえば嘘になるかもしれませんが憎くはない。不幸も望んでいません。幸多き人生であるように願っています」

「俺は自分よりなんでも優秀だった弟を妬《ねた》んだことは一度もない。それどころか、弟は誇りだった。第一、俺の母親は普通の女でしたが、あの子の母親は鬼姫です。もう、元から違うんですよ」

　晴信の母親は裕福な資産家の令嬢で清楚《せいそ》な佳人だった。もともと、そんなに身体《からだ》は強くなかったという。晴信を命がけで産んで若くして逝《い》った。

　いや、逝く前に最後の力を振り絞って、見込んだ女性に自分の子供を頼んだ。『私の息子の母親になって』と。

　晴信の母親に見込まれた女性が、高徳護国《たかとくごこく》流の鬼姫という勇名を轟《とどろ》かせていたリキの母親である。旧姓・千坂辰乃《ちさかたつの》、彼女は剣を捨てて、第二十二代・高徳護国宗家の後妻に入った。高徳護国宗家直系と鬼姫の子供が弱いはずがない。

「鬼姫って、まぁ、凄《すご》い仇名《あだな》ですね」

　氷川は鬼がつく姫という女性が想像できない。

「俺は鬼姫時代を知りませんがむちゃくちゃ強かったそうです。大の男でも鬼姫に勝てる奴は少なかったとか」

「はぁ、そんなに……」

「俺を産んだオフクロは俺が一人っ子だと可哀想《かわいそう》だから、鬼姫に俺の弟を産んでくれとも頼んだそうです。俺が困った時、助けてくれるような頼もしい弟がいいとまで注文をつけたとか」

　晴信には実母と義母、二人の母に対する愛が感じられた。母親に無償の愛を注がれた子供は強い。

「晴信くんのお母さんて……」

後妻が先妻の子供をいじめるという話は、童話の世界でも描かれている。そういう懸念《けねん》はなかったのだろうか。

晴信の母親は心の底から鬼姫という女剣士を見込んでいたようだ。

「弟は俺のためにこの世に生まれたんです。俺のために強くなって頼もしい男になった。それなのに、どこに行ったんでしょう」

半分だけ血の繋《つな》がった弟のすべてを自分のためだと言い切った晴信には、哀愁が漂っていた。晴信の弟に対する溺愛《できあい》ぶりは半端《はんぱ》ではない。

氷川は実の両親に尋ねたいことがある。生まれてすぐ捨てるのならば、どうしてこの世に送り出したのか、と。

氷川は自分が生まれてきた意味は見つけている。

清和に巡り合うためだと。

「いつか会えますよ」

晴信のために生まれてきた弟ならば、必ず会えるだろう。リキの心も変わるかもしれない。氷川は力強い口調で言った。

「会わせてください」

「僕にはどうすることもできません」

「先生に頼んだら会えそうな気がして」

横目で窺《うかが》ってくる晴信に、氷川は真面目《まじめ》な顔で答えた。

「どこかにお参りにでも行ったらどうですか？」

「俺ンちは日光ですよ。さんざん頼みました」

日光には世界遺産にも登録されている日光東照宮《とうしょうぐう》に日光二荒山神社《ふたらさんじんじゃ》、日光輪王寺《りんのうじ》と、神社仏閣が多い。すでに、晴信は神頼み済みだ。

「頼み方が悪いのかもしれません」

「先生に頼んだほうが手っ取り早いかと思います。先生はどうして俺の話をちゃんと聞いてくれるんですか？　何か心当たりがあるから聞いてくれるんじゃないですか？」

優しさが仇《あだ》になる、という言葉を氷川は思い浮かべた。院内での仕事でもそうだ。優しく接していたら、患者だけでなくスタッフまで調子に乗ってつけあがる。無理難題を求められたり、仕事を押しつけられたり、勝手に名前が使われていたり、さんざんだった。

「弟思いの優しい君が一生懸命話しているのに無視する人がいたんですか」

「はい。煩《うるさ》そうな顔をする方が多かったです」

「じゃ、僕も気兼ねなく」

流しのタクシーが視界に入ったので、氷川は手を挙げて呼び止めた。もちろん、晴信に同車は勧めない。

「先生?」

「すみません、僕、疲れたのでこのまま帰ります。二度と会うこともないでしょうが、お元気で」

呆然《ぼうぜん》としている晴信に一方的な別れを告げると、氷川はタクシーの運転手を急《せ》かせて車を発進させた。

眞鍋第三ビルがある歓楽街に向かう。信号待ちをしていると、京介が運転席にいる赤いフェラーリが視界に入った。

「運転手さん、ここでいいです。降ろしてください」

氷川はタクシーから降りると、月の光を浴びている絶世の麗人のそばに駆け寄った。

「先生、無事でよかった。どうしようかと迷ったんですが。カタギの知り合いだと思ったので俺が顔を出すのもヤバイかな、と」

氷川の無事を確認した京介は、安心したように大きな息をついた。

「うん、カタギの人なんだけど参った」

「マジに緊張しました。先生に何かあったら俺は殺される前に死ななきゃいけない」

「ごめんね」

「いいえ」

赤いフェラーリのドアが氷川のために開けられる。氷川が車に乗り込むと、京介が静かにドアを閉めた。

「どういう人か聞いていいですか？　俺は先生の浮気《うわき》も見張らないといけないんですよ」

京介は運転席に座るや否《いな》や尋ねてきた。

「義父の知り合いの教授の紹介でやってきた人だ」

眞鍋組のリキに関《かか》わることなので、氷川は当《あ》たり障《さわ》りのないことだけを言った。

「どこの大学のなんていう教授かはっきりと教えてください」

車を発進させた京介の口調は、いつになく厳しかった。

氷川に清和の舎弟が張りついているのは、護衛よりも浮気防止のほうが大きいと聞いたことがある。清和しか眼中にない氷川にしてみれば呆《あき》れるしかない。第一、男に興味がある男はそうそう転がっていないと、どうしても女性を愛することができなかった氷川は断言する。

「清水谷《しみずたに》学園大学法学部の利根川貞雄《さだお》教授」

「それで、あの爽やかそうな体育会系の男はどこのなんていう方ですか？」

晴信を尋ねる京介の顔つきがきつい。

「剣道の高徳護国流の息子さんで高徳護国晴信くん」

晴信の本名を言うと、京介の身に纏《まと》っていた空気が変わる。力が抜けたようで、口調がいつにもまして優しくなった。

「用件は？」

「人捜し」

氷川が包み隠さずにありのまま答えると、京介は口の端で笑いながらポツリと言った。

「とうとう来ましたか」

「……え？」

「俺がリキさんと初めて会った時っていうか、初めて見た時、高徳護国義信なんていう長ったらしい名前だったんですよ」

京介はいったいどこまで眞鍋組に食い込んでいるのか、リキの本名まで知っていたという事実に、氷川は目を丸くした。

「京介くんも知ってたのか」

「俺とショウはひょんなことから知ったんですけどね。宇治《うじ》とか若い幹部は知らないと思います。眞鍋組の古参の幹部もリキさんの本名を知っているのは、ほんの一握りじゃないんですかね。まぁ、リキさんの本名は知らなくても、本物の松本力也《まつもとりきや》は知っているけど」

氷川はリキを庇《かば》って死んだ松本力也という男を知らない。

「本物の松本力也ってどういう人だったの？」

「俺もよく知らないんです。馬鹿《ばか》な奴、と橘高《きったか》のオヤジさんと安部《あべ》さんから聞いたことがあります」

前のリキは馬鹿だった、とモグリの医者の木村《きむら》も言っていた。氷川が知っているリキとはまったく違う男だと容易に察することができる。

「木村先生もそんなことを言ってた」

「二代目は辛いのか、松本力也については喋《しゃべ》りません」

どんな陰惨な修羅《しゅら》が繰り広げられたのか、氷川は尋ねることすら躊躇《ためら》うほど清和は悔しそうだった。

「うん、そうみたい」

「まぁ、いい男だったんでしょうね。そうでなきゃ、リキさんほどの人が自分の名前を捨てるはずがない」

馬鹿、という形容がつく男もさまざまだ。

「そうだね」

「それで、リキさんのお兄さんがリキさんを捜してやってきたんですか」

京介はハンドルを左に切りながら、本題を確かめるように尋ねてくる。氷川は大きな溜め息をつきながら答えた。

「もうしつこくてしつこくて困った」

「先生がそんなになるなんてよっぽどですね」

「僕、晴信くんの気持ちがわかるからたまらない」

弟を思う晴信の気持ちがまったく理解できないなら、軽く聞き流せる。理解できるから心苦しい。

「部外者の俺や先生が口を挟むことじゃないかもしれませんね」

リキの言い分もわからないではないが、晴信の気持ちも察してほしい。氷川は切実にそう思った。

「そうかもね」

「まぁ、俺も二代目のしつこい勧誘には参っています」

清和は京介の顔を見ると条件反射のように口説こうとした。そのつど、京介は清和の勧誘を突っぱねた。

「僕、清和くんがあんなにしつこいなんて知らなかった」

「俺だって知りませんでした。ホストクラブにまで顔を出すのは勘弁してほしい」

華やかな美貌《びぼう》を歪めている京介の口から出た驚くべき事実に、氷川は心臓が摑《つか》まれたかと思った。

「え？　ホストクラブに清和くんが行ったの？」

「はい」

ホストクラブといえば魅力的な男が侍《はべ》る女性のための夢の場所だ。氷川は清和が男も相手にすることを自分の身体で知っている。つい先ほどまで、兄の気持ちで晴信のリキに対する思いに同調していたが、一瞬にして氷川は嫉妬《しっと》深《ぶか》い恋人に変わる。

「京介くん、僕の浮気なんかを見張っている場合じゃないでしょう。清和くんが浮気しないか見張っていて」

京介は氷川の剣幕に戸惑っているようだが、ショウのように慌てたりしなかった。

「いや、ホストと一緒に酒を飲んだだけですから」

「未成年のくせに若くて綺麗《きれい》なホストと一緒に酒を飲んだんだね」

京介を見ているからか、ホストには『若い』と『綺麗』という形容が自然とつく。若い美女が清和に侍るのも穏やかではいられないが、若い美男子が清和に侍るのも許し難い。

「もう、酒ぐらい見逃してやってください」

ショウから何か聞いているのか、京介は楽しそうに笑っていた。

「喋りかけてもあんまり喋らないのに、清和くんはいったい若くて綺麗なホストとどんな話をしたの？」

無口な清和とはあまり会話のキャッチボールが成立しない。話などしなくても氷川は一緒にいるだけで幸せだからいいのだが。

「二代目一人で来たわけじゃありません。リキさん・宇治・信司《しんじ》・卓《すぐる》・吾郎《ごろう》もいました。喋っていたのは宇治と卓、吾郎、ホストと一緒に踊ったのは宇治と信司です。それも、盆踊り。卓と吾郎が囃《はや》し立《た》てるから、あの日はホストクラブっていうよりどこかの宴会場みたいでした」

ジュリアスが誇る美形ホストと信司の盆踊りを瞼《まぶた》に浮かべているのか、京介は喉《のど》の奥で笑っている。

氷川は宴会場と化したホストクラブを笑えなかった。

「清和くん、ホストと何をしたの?」

目を吊り上げている氷川の詰問《きつもん》に、京介は真面目な顔で答えた。

「何もしていません。眞鍋組への勧誘に来ただけです」

「それでも、清和くんの周りに若くて綺麗なホストがいっぱい座ったんでしょう。僕がいるのにどうしてそんなことをするの?」

背後に夜叉《やしゃ》を背負っているかのような氷川に、京介は端整な顔を歪めながら説明した。

「そりゃ、眞鍋組の組長が遊びに来たのに、楽しませないわけにはいきません。オーナーに店長、幹部クラスがみんな揃《そろ》いました」

「若くて綺麗なホストが清和くんを楽しませたの? どんな楽しみ方をさせたの? 僕に言えないような楽しませ方?」

「すみません、実は二代目の勧誘トークを聞きたくなくて、俺がほかのホストを二代目の周りに座らせたんです。でも、先生が心配しているようなことは何もないです。これからも絶対ないでしょう。二代目は先生に夢中なんですから。二代目はあんな顔しているけど純情ですよ」

頭に血が上っている氷川に、京介が語る一途《いちず》な清和は届かなかった。

「清和くん、若くて綺麗な京介くんに何かした？」

京介へのあまりの執着と美貌に、氷川はあらぬ疑いをかけてしまう。京介は盛大に笑いながら首を振った。

「何もされていません。二代目、男が好きっていうタイプじゃないと思いますよ。男は先生限定じゃないんですか？」

「それはいつの話？」

氷川が宿直の日に、清和はジュリアスで飲み明かしていた。京介は頰《ほお》を緩ませながら宥《なだ》めるが、燃え上がった氷川の嫉妬は鎮《しず》まらない。

部屋に帰り、風呂《ふろ》に入って気分を落ち着かせようとしたが無駄だった。冷たいシャワーを浴びても寒いだけだ。

清和の顔を見た瞬間、氷川は仁王立《におうだ》ちで切り出した。

「清和くん、僕のいない間にホストクラブなんかに行ったの？」

清和は夜叉を背負っている氷川から視線を逸《そ》らしながら、独り言のようにポツリと言った。

「若くて綺麗な男がいっぱいいるところに行ったんだね。付き合いなんて言わせないよ」

ポーカーフェイスの清和に悪びれた様子は微塵《みじん》もなかった。

「どうしても、眞鍋組に京介をほしい」

「無駄だ、京介くんにヤクザは似合わない。それに、もう、京介くんは何度も断っているでしょう」

「断られたぐらいで諦《あきら》められない人材だ」

清和は晴信に張り合うほどしつこいようだ。

「だからって、ホストクラブに行って遊ぶことはない」

「遊びに行ったわけじゃないんだ」

愛《いと》しい清和に対して年上のメンツやプライドはない。氷川は剝《む》き出《だ》しの感情をストレートにぶつけた。

「ムカつく」

妬《や》いていることを隠そうともしない氷川に、清和は低い声で詫《わ》びた。

「すまない」

「なんか、許せない」

「悪かった」

「……京介か」

「清和くんがホストクラブに行って遊んだんなら僕も行く。清和くんよりかっこいい男と酒を飲んで遊んでやるーっ」

自棄《やけ》になった氷川は、清和に向かってあてつけがましいことを叫んだ。表情はあまり変わらないが、荒れまくる氷川に清和は困惑している。

「おい……」

「清和くんよりもかっこよくて……」

「先生？」

「まぁ、清和くんよりかっこいい子なんていないか」

清和しか考えられない氷川には、どんな美男子が目の前に現れても心が動かない。怒髪《どはつ》天《てん》をつくほど怒っていても、しょせんは清和に夢中の可愛い男だ。

意表をつかれたのか、清和は目を見開いたまま固まっていた。だが、すぐに照れくさそうな笑みを漏らす。

「本当に腹が立った」

「すまない」

清和が腕を伸ばしてきたので、氷川は身体を寄せた。逞《たくま》しい清和の胸の中はとても気持ちがいい。

「あ、忘れるところだった。リキくんのお兄さん、誤魔化せないかもしれない」

「何があったんだ？」

「清和くんよりしつこい」

氷川は本日あったことをすべて語った。清和はポーカーフェイスで聞いていたが、戸惑っていることが、氷川にははっきりとわかった。

「警察に剣道関係者は多い。今までバレなかったほうがおかしいんだ」

警察には剣道を嗜《たしな》んでいる者が多い。清和の言う通り、剣道界で名を馳《は》せたリキの素性が今まで発覚しなかったほうが不思議だ。

「そうだね。全日本のメンバーはほとんど警察関係者だって利根川先生が言ってた」

いつだったか、氷川は利根川から剣道の蘊蓄《うんちく》を聞かされたことがある。

「今のところ眞鍋に高徳護国の次男がいるという噂はどこにも流れていない。剣道界にもだ。高徳護国の誰かが画策しているんじゃないか、とリキは言っていたんだが」

「警察に高徳護国流で剣道を習った人が大勢いるって、晴信くんから聞いた。犯罪に加担していたらすぐに連絡が入るはずだって」

「リキの帰りを待っているのは晴信さんだけだ」

次期・第二十三代目宗主は晴信で充分だ。高徳護国宗家や主要門人は、高徳護国流の火種になりかねない次男を望んではいない。

「リキくんが高徳護国に戻ったら流派が真っ二つに割れてしまう？」

「確実に」

「せめて、何か、連絡だけでもしてあげたら」

氷川は縋るような目で清和に訴えた。

「連絡なんてしたら最後だ。たぶん、晴信さんだって連絡を手がかりにしてどこまでも追ってくる。先生と同じようにな」

暴力団には関わらないほうがいい、とわかってはいても清和を実際に見ただけに氷川は止まることができなかった。

「それもそうだね」

「ヤクザの俺はカタギの先生のためにはならない。そう思って、俺は先生を逃がしてやったのに」

清和に頬を殴られた挙げ句、バケツの水を浴びせられたことは、鮮明に覚えている。自分を見つめる清和の目は極道ではなかったことも、氷川の中では過去として霞《かす》まない。

「逃げなくてよかった」

「後悔していないのか？」

どこか気弱な清和の質問に、氷川は戸惑った。

「どうしたの？」

「怖い思いをさんざんさせたから」

チャイニーズ・マフィアとの抗争では氷川の命も危なかった。無傷だったのが奇跡に近い。清和だけでなく、誰もが氷川を守った。口だけの男ではない。

「後悔してるって言ったらどうする？」

「もう遅い。どんなに泣いたって逃がしたりしない」

つい先ほどまでの気弱な年下の男はどこに行ったのか、清和は海千山千《うみせんやません》の極道を従える眞鍋の昇り龍になった。

「僕だって逃げるつもりはないよ」

どちらからともなく、二人の唇が深く重なり合った。清和の舌が口腔内《こうこうない》に忍び込んでくる。頭の芯《しん》まで痺《しび》れるような甘いキスに、氷川の身体から力が抜けていく。氷川は清和に己のすべてを委《ゆだ》ねるようにしなだれかかる。清和への愛しさでどうにかなってしまいそうだった。

「清和くん……」

氷川は自分から身体に負担のかかる行為を強請《ねだ》った。

「ああ……」

「いいよ？」

清和はほしがってもなかなか手を伸ばしてこない。自分を大事にしてくれていることはわかるが、氷川はじれったくてたまらなかった。

「明日、早いんだろう。またにしよう」

いつもなら氷川が誘えば、清和は躊躇《ためら》いつつも拒んだりしない。それどころか、獰猛《どうもう》なオスの顔で挑んでくる。

「清和くん、まだ痛いの？」

清和の男性器の負傷に思い当たり、氷川は焦りながら尋ねた。

「いや、そういうわけじゃない」

「清和くん？　ちょっと見せて？」

傷口が悪化したのかと氷川は不安になったが、清和はいつもと同じように淡々とした調子で答えた。

「大丈夫だ」

宥めるような優しいキスを頬に落とされて、氷川は軽く微笑んだが誤魔化されたりはしなかった。

「確認させて」

「平気だ」

「見るだけ」

氷川が布で覆われた清和の股間《こかん》に手を伸ばした。が、清和はポーカーフェイスで氷川の手を引かせる。

氷川は言い回しを変えた。

「見たい」

上目遣いの氷川にも清和は無言だ。

「触りたいけど見るだけにしておくから」

「俺も明日は早いからもう寝よう」

清和にスルリと躱《かわ》されて、氷川はふてくされそうになった。

5

翌日、病棟を回っていると爽《さわ》やかな笑顔を浮かべている晴信《はるのぶ》が現れた。ほかの患者もスタッフもデニムパンツ姿の晴信を入院患者への見舞いだと思っている。病院とは用のない者が入り浸っていてもわからない場所だ。

「俺、昨夜《ゆうべ》のウォーキングでいい汗を掻《か》きました」

「よかったですね。というより、日光《にっこう》からここに通っているんですか?」

氷川《ひかわ》は神出鬼没の晴信に心の底から驚いていた。そもそも、日光からここまで通うには無理がある。

「都内のホテルに泊まっています」

晴信は都心のホテルに泊まって明和《めいわ》病院に日参しているという。氷川は何をどのように言えばいいのかわからなくなっていた。

「一度ご実家に戻られたらどうですか?」

「まだ戻れません」

「ご両親が心配されていると思います。弟さんに続いて晴信くんにまで何かあったらどうします?」

氷川がもっともな懸念《けねん》を話したが、晴信はサラリと流した。

「俺に何かあったら義信《よしのぶ》が出てきてくれるかもしれません。あの子はそういう男なんですよ」

「僕は仕事があるので」

氷川は涼やかな目を曇らせている晴信から、逃げるように医局に戻った。すぐに無人の応接室で清和《せいわ》にメールを打つ。本日の帰りも晴信が待ち伏せしていることがわかりきっていたからだ。

清和から届いたメールの内容に驚く。

だが、了解の意のメールを送った。

予想通り、午後の七時過ぎに病院を出てバス停に向かうと、背後からぴったりと晴信がついてくる。気持ちがいいほど清々《すがすが》しい挨拶《あいさつ》だ。

「先生、お疲れ様でした」

「そちらこそ、お疲れ様です。今まで何をやっていたんですか？」

どこで時間を潰《つぶ》していたのか、氷川は知りたくなってしまう。

「義信に会ったら言う文句を考えていました」

「仕事を放《ほう》り投《な》げてまですることじゃないですよ」

晴信は次期宗主として門下生を指導する立場にあった。いつまでも留守にするわけにはいかないだろう。

「高徳護国《たかとくごこく》の鬼神《きしん》を連れ戻すのは俺の仕事です。誰にも文句は言わせません」

「僕は君に付きまとわれると困るんです」

「どうして困るんですか？」

晴信は憎たらしいほど爽やかに笑った。こうなると、なかなかの曲者《くせもの》だ。

「そんなの、わかっているでしょう？　ストーカーみたいにいろんなところに現れるから、気が散って仕事に集中できない」

「俺はしぶといのが取《と》り柄《え》なんです。これだけは弟にも負けません」

「実は僕も執念深いんです」

なだらかな坂道をバスが下りてきた。

「そうなんですか？」

「はい、蛇《へび》のごとく」

氷川が軽く笑いながらバスに乗り込むと、当然のように晴信も続いた。

日中のようにバスの中は乗車客で込み合っていない。氷川が二人がけの椅子《いす》に腰を下ろすと、晴信はすぐ後ろの椅子に座った。隣に座らなかったのは、氷川が椅子の真ん中に座っていたからだ。

終点の最寄《もよ》り駅《えき》で降りる。午後八時のターミナル駅は帰宅途中のサラリーマンやＯＬが多かった。

　氷川に肩を並べるようにして晴信は歩く。

「晴信くん、どこまでついてくるつもりですか？」

「一人暮らしなんでしょう？　泊めてくれませんか？」

　氷川は清和と再会するまで狭いアパートに一人で暮らしていた。一人暮らしの情報源は利根川《とねがわ》に違いない。

「そんなに図々《ずうずう》しいとは思わなかった」

「図々しくならないと義信に会えないような気がするんです」

　肩を竦《すく》めている晴信に、悪びれている様子はまったくない。氷川は努めて優しい口調で晴信に尋ねた。

「義信くんに似ている僕の知り合いに会いたいんですか？」

　その瞬間、ぱっと晴信の顔が明るくなった。今までの笑顔がすべて作り物だと思うほど晴れやかだ。

「会わせてください」

「見るだけにしてくれませんか？」

「見るだけでもいいです」

「それならついてきてください」

氷川は駅ではなくタクシー乗り場に向かった。早足で歩きながら、リキに扮《ふん》する男にメールを打つ。今から行くと。

氷川はタクシーの運転手に行き先を告げた。誰もが知っている有名なスポットだ。高層ビルやマンションが建ち並び、一つの洗練された街となっていた。賃貸料の高さが半端《はんぱ》ではないので勝ち組の代名詞にもなっている。

タクシーの中、晴信は無言だった。氷川もそうだ。カーラジオから流れてくるプロ野球の実況中継が響いていた。

「ありがとうございました」

目的地である高層ビルの前に、氷川と晴信は降り立つ。

日光という神秘的な場所で生まれ育った晴信には珍しい光景らしく、辺りをきょろきょろと見回している。病院と自宅の往復ぐらいしかしていない氷川にも馴染《なじ》みのない街だが、晴信に気取られないように注意する。

「知り合いをそこの店まで連れだします。弟さんかどうか確認してください。でも、声をかけることはやめてください」

氷川はビルの一階にあるカフェを指しながら、晴信に言った。

「わかりました」

「じゃ……」

氷川は高層ビルの中に入り、洗練された受付ロビーでインターホンを押した。応対したのは眞鍋《まなべ》組の裏の仕事を一手に引き受けているサメだ。氷川はエレベーターで三十九階に上がり、三九〇二号室のインターホンを押した。ここは眞鍋組が所有している部屋の一つだ。

玄関のドアが開くと、リキによく似た青年が頭を下げている。隣には顔見知りのサメが深々と腰を折っていた。

「お疲れ様です」

「うん、晴信くんは一階のカフェにいるから」

「はい、こちらは大前篤行《おおまえあつゆき》、企業舎弟の株式会社サカイのスタッフです」

地味なグレーのスーツに身を包んだサメが、黒いスーツ姿の青年を紹介した。大前篤行、迫力はリキに遠く及ばないが、顔立ちや身体《からだ》つきは、よく似ている。

株式会社サカイは清和が眞鍋組の構成員だった男に経営させている会社だ。筋の通ったいい極道だった酒井《さかい》を眞鍋組から除名して会社を興《おこ》させたことに関して、清和は古参の幹部から反発を食《く》らっていた。

「大前くん、リキくんに似てる」

直立不動で立っている大前に、氷川は優しく微笑《ほほえ》みかけた。氷川の言葉を聞いたサメは安心したようだ。

「先生もそう思いますか」

「うん」

「それでは、こいつと一緒に一階のカフェでメシを食ってください」

今のところ、清和がメールで送ってきた手順どおりにことは進んでいる。次は絶対に失敗できない正念場だ。

「わかった」

「くれぐれも晴信さんにこいつと初対面だと悟られないように」

氷川と大前は同じ施設で育った者同士ということになっているのだ。何があっても、初対面であることを晴信に気づかれてはいけない。

「うん」

「リキが言うのに、晴信さんはなかなかの曲者だそうです。決して侮《あなど》らないでください」

サメは意味深な笑みを浮かべながら晴信を語った。

「うん、確かに、曲者」

氷川が神妙な顔で頷《うなず》くと、サメは目を細めながら大前の肩を叩《たた》いた。大前は心なしか緊張している。

「大前くん、リラックスだよ……って、僕はなんて呼べばいいの?」

氷川の質問にサメが答えた。

「施設時代の知り合いです。先生は大前を『篤行』と呼んでください。篤行は先生を失礼ながら『諒一《りょういち》』と呼ばせていただきます」

篤行がペコリと頭を下げたので、氷川もつられるように腰を折った。目だけで会話をしながら、エレベーターで一階に降りた。

氷川と篤行は笑顔で、晴信が待ち構えているカフェレストランに入る。白を基調にした店内は開放的で、観葉植物がいたるところに飾られていた。場所柄、各テーブルの客の服装や髪型は都会的で洗練されている。スマートにフロアを移動しているスタッフも、ファッション雑誌から飛びだしたようなルックスを誇っていた。

晴信は窓際《まどぎわ》の席でコーヒーを飲んでいた。白いテーブルには食べかけのクロックムッシュが載ったプレートがある。

氷川と大前はカウンターで料理と飲み物を注文した。飲み物と番号札を載せたトレーを持った篤行の後に氷川は続く。

氷川は大前を凝視する晴信に視線を流した。

弟の面差しによく似た大前を食い入るように見つめていて、晴信は氷川の視線に気づいていない。

「諒一、ここに座ろうぜ」

篤行は観葉植物の隣にあるテーブルにトレーを置いた。

「うん」

「仕事のほうはどうだ？」

篤行は本当の旧友のように親しそうに話しかけてくる。氷川も微笑みながら言葉を返した。

「いつもと同じ。医者や看護師を自分だけのスタッフだと思っている患者さんがたくさんいる。病院はホテルでもないし、レジャーランドでもないんだけどね」

「無理するなよ」

「うん、大丈夫」

「そう言っている奴のほうが結構危ない」

こんなことぐらいでやられない、へこたれない、負けない、と氷川は自分を無理やり鼓舞している。篤行の的《まと》を射《い》た言葉に、氷川は自分を見つめなおしてしまった。

「そうかな」

若い男性スタッフが料理を運んでくる。白いテーブルには氷川が注文したきのこのホットサンドと、篤行が注文したソーセージの盛り合わせが並んだ。

氷川と篤行はとりとめもない話をしながら料理を摘《つま》む。晴信の視線を背中にひしひしと感じるが振り向かない。

「ちょっといいな〜っていう子がいるんだけど、俺のことをどうやら怖がっているみたいなんだ」

篤行は実話を喋《しゃべ》っているらしく、実感がこもっている。リキほどの凄《すご》みはないが、篤行も充分屈強な男の部類に入る。若い女性に怯《おび》えられても無理はない。

「怖いんだろうね」

「諒一、俺、そんなに怖いか？」

篤行から縋《すが》るような目を向けられたが、氷川は嘘《うそ》がつけなかった。

「優しそうな顔はしていない」

「俺、優しい男なのに」

外見はリキに似ているが中身はまったく違う。篤行はどこにでもいる普通の男に思えた。

「髪型を変えるとか、何かしたらどうだ？」

顔立ちが優しい氷川は銀縁のメガネというアイテムに助けられている。容姿が人に与える印象は大きい。

「まず、外見か」

「ま……いつか通じる。わかってくれるよ」

氷川が当《あ》たり障《さわ》りのない言葉で勇気づけた時、真上から凛《りん》とした声が響いてきた。

「わかってくれるのを待っていたら、横からかっさらわれますよ。自分から動かないと何も始まらない」

声をかけない約束はどこにいったのか、晴信は堂々と氷川と篤行の前に姿を現す。おまけに、晴信はちゃっかりとテーブルについた。

「初めまして」

目を細めた晴信は呆然《ぼうぜん》としている篤行に挨拶をした。

「初めまして」

篤行も晴信に挨拶を返した。

「俺の弟は君みたいに可愛《かわい》い男じゃない」

晴信は篤行のシャープな顎《あご》のラインを指先でなぞっている。篤行は目を丸くしたまま固まっていた。

「……はい？」

「俺の弟は女の子に怖がられていても気にしていなかった。でも、女の子には結構モテたよ。相手にしなかったけどね」

弟を語る晴信の周囲には、枯れ葉が舞っていた。落胆している気配が、痛いぐらい氷川には伝わってくる。

「……あの？」

演技か本気か、どちらかわからないけれども、篤行はポカンと口を開けていた。

「女の子に興味がなかったのかな」

「……は、その?」

「女嫌いなのか、単に忙しかっただけなのか、真面目《まじめ》なだけだったのかな。ホモってことはないと思うんだけど、俺が知る限り女の子と付き合ったことがなかった」

　ストイックな弟を話す晴信の目は、焦点が定まっていなかった。

「………………」

「別にもうホモでも構わないんだ。いや、ホモがいいかもしれない。義信が実はホモで、好きな男がいたから家を出たとかいう理由だったらいいな。男の嫁さんを連れて帰ってくればいいんだから」

「あの……」

　晴信は篤行を見つめたまま一方的に喋り続けるので、氷川はどうすればいいのかわからなかった。下手なことを言って墓穴を掘るのは避けたい。

　篤行が口火を切った。

「どちらさまですか?」

「氷川先生の患者の一人です。先生が僕の弟とよく似ている方といるから、つい、声をかけてしまいました。失礼しました」

　晴信は立ち上がると軽く頭を下げた。クルリと背を向けると店から出ていく。一度も振り返らなかった。

「諒一、今の人、なんだ？」

念には念を、篤行の演技は続いていた。

「患者さんだ。篤行によく似た弟さんがいるんだよ」

「そうか」

「気にしないでくれ」

「ああ」

氷川は篤行とテーブルに並んでいる料理を平らげると店を出た。再び、ビルの三十九階に上がる。

広々としたリビングルームのソファに腰を下ろした氷川は、溜《た》め息《いき》をつきながら言った。

「緊張した」

篤行は今にも泣きだしそうな顔をしていた。

「俺もです」

「バレてないよね？」

氷川と篤行は真剣な顔で肝心なことを話し合った。

「バレていないと思いますよ」

「晴信くん、気の毒だったけど、いきなり話しかけられた時には焦《あせ》った」

「俺は兄も弟もいないからわからないけど、兄ってああいうもんなんですか？　ブラコンなだけですか？」

篤行が指摘するように、晴信にはブラザーコンプレックスの気がある。小さな清和を本当の弟のように可愛がっていた氷川は、篤行の意見に首を振った。

「兄っていうのはああいうものだよ」

「なんか、気持ち悪い気がします」

「どうして？」

「あそこまで溺愛《できあい》しているとなんかね、歳《とし》が離れていたらまだわかるんですが……っと、これはリキにはご内密に」

篤行は二十七歳、リキよりも二つ年上だ。晴信と同じ年であった。

歳が近い男兄弟は何かにつけて張り合う競争相手になることがある。氷川はお互いを意識し合っている兄弟医師を知っていた。誰かが言っていた。兄弟は最高のライバルだと。

「兄にとって弟は可愛いもんなんだよ。弟のほうはドライだけどね」

「リキの兄貴に見えない」

「僕もそう思う」

氷川と篤行が目を合わせながら頷《うなず》いた時、終始無言だったサメが口を開いた。

「あの男は眞鍋組の頭脳の兄です。おまけに、高徳護国流の頂点に立つ男です。油断しないでください」

サメの注意に氷川と篤行は反論しなかった。笑顔の裏に何が隠されているかわからないからだ。

氷川は革張りのソファで、篤行が淹《い》れたブルーマウンテンを飲みながら連絡を待つ。

「篤行くん、酒井さんは元気？」

氷川は篤行が勤めている会社の社長である酒井を直《じか》に知っていた。清和の二代目襲名の時、ショウの代わりに氷川のボディガードをしていた屈強な男だ。

「元気です」

「仕事のほうは上手《うま》くいっているの？」

先の見えない不景気はいたるところに影を落とし、暴力団も否応《いやおう》なく改革を迫られていた。時代の波に乗れない暴力団は窃盗やＡＴＭ破壊などの手っ取り早い集金に走り、仁義も何もない犯罪組織に成り下がっている。株式会社サカイは眞鍋組を犯罪組織にはしないという清和の改革の一つだ。

「ボロ儲《もう》けには遠いですけどそこそこの利益は上げています」

「無理をしないで頑張ってね」

「二代目やリキにもさんざん言われています。絶対に無理はするなって」

篤行は屈託のない笑顔を浮かべた。リキはこんな笑い方をしない。そもそも、氷川はリキが笑ったところを見たことがなかった。

「そうだろうね」

「でも、この不景気です。どこかで何か勝負をしないと駄目だと思うんですけど」

篤行は企業舎弟ゆえ眞鍋組の構成員ではないが、なかなか血の気が多いようで、社運をかけた勝負をしたがっている。ハイリスク・ハイリターンのマネーゲームは清和だけで充分だというのに。

「勝負は清和くんが株とか相場でやってるから」

「ああ、うちの会社は安定した収入を上げる役目なんですけどね。わかっているんですけどね」

篤行はきちんと眞鍋組から与えられた役割を理解している。いちいち、氷川が注意しなくてもいい。

「株なんてギャンブルだ」

株で財産のすべてを失った資産家を氷川は知っている。毎日、莫大《ばくだい》な額の金を動かしている清和にいつ破滅が訪れるかわからないと、氷川の不安はつきなかった。

「宝くじや競馬に比べたら儲ける確率が高いと思います。プロ相手のマージャンよりも遥《はる》かに確率が高いですす」

「篤行くん、ギャンブルと比べないで」

　氷川と篤行が語り合っていると、サメが携帯をポケットに入れながら部屋に戻ってきた。

「晴信さんはホテルに帰りました。先生、二代目のところにお帰りください。お疲れ様でした」

　晴信の尾行をしていた構成員から連絡が入ったので、氷川の仕事は終わった。篤行はほっとしたような顔つきで大きく息を吐いた。

「晴信くん、ホテルに帰ったんだ。よかった」

「ホテルに帰る前に酒屋で酒を買ったそうです」

　サメは尾行させていた舎弟からの報告を言った。

「自棄酒《やけざけ》かな？」

「いい発散方法です」

「参考までに聞きたい。清和くんの発散方法って何？」

「二代目に聞いてください」

　氷川はサメに促されて、部屋を出た。現代の建築技術の粋を集めたようなビルの駐車場に下りる。

　氷川はサメがハンドルを操る黒塗りのベンツで眞鍋組のシマに帰った。自棄酒を呷《あお》っている晴信を思い、胸を痛めながら。


サメが帰宅を連絡していたこともあるのだが、眞鍋第三ビルの駐車場でスーツ姿の清和とリキが待ち構えていた。

「姐《あね》さん、申し訳ありませんでした」

兄の猛攻を申し訳なく思っているのか、下げた頭を上げようとしないリキに、氷川は手を振りながら答えた。

「気にしないで」

「すみません」

いつになく申し訳なさそうなリキに、氷川の頰が緩んだ。こんな姿を見ていると、二十五歳の普通の青年に思える。

「リキくんが二十五に見える」

氷川が思ったことをそのまま口にすると、リキは目で軽く笑いながら答えた。

「俺は二十五です」

リキは偽名《ぎめい》を使っているが、年齢は詐称していない。

「本当にいいお兄さんだから、今じゃなくてもいい。いつか、必ず連絡を入れて」

「はい」

氷川は清和に肩を抱かれてエスカレーターに乗り込む。ショウの様子が気になったので、十階に立ち寄った。

「よう、姐さん先生、今日も綺麗《きれい》だな」

モグリの医者の木村《きむら》がカワハギの干物を摘みながら缶ビールを飲んでいる。ショウへの差し入れだった若い美女が二人、無精髭《ぶしょうひげ》を生やしている木村の両脇《りょうわき》に座っていた。一見すると美女と野獣だが、身なりを整えると木村は渋い紳士に様変わりする。腕のいい外科医がどうしてモグリの医者になったのか、氷川は知らない。

「木村先生、お疲れ様です」

「姐さん先生、ボンと布団《ふとん》の中でいいことしたのか」

氷川が清和と肩を並べていると、木村はとても楽しそうに茶化す。なお、清和を『ボン』と呼ぶのは清和の義父の橘高《きったか》と木村ぐらいだ。

「木村先生、ショウは?」

氷川は木村の質問に答えなかった。

「あいつ、きっと砒素《ひそ》を食わしても死なねぇぞ」

ショウの名前を聞いた途端、木村は煩《うるさ》そうにボサボサの髪の毛を掻《か》き毟《むし》った。左右にい

る美女も困惑した表情を浮かべている。

「いくらショウくんでも死にますよ。砒素を食事に混入しないでください」

「青酸カリならいいか?」

冗談とは思えないほど、木村は真面目な顔で言った。

「木村先生、それぐらいで」

「あいつに会えば、あいつに熱湯をかけたくなる俺の気持ちがわかるさ」

氷川はショウに会って、木村の言っていたことがわかった。

「先生、このままだと身体が腐るーっ」

相変わらず、ショウはベッドの上で暴れている。ショウの隣にいる金髪の白人女性もお手上げというジェスチャーを取っていた。

「腐ったりしません」

「もういやだーっ。死んでもいいから、出してくださいーっ」

ショウの右足に頑丈な鎖がなかったら、とっくの昔にどこかに飛んでいっていたに違いない。非人道的だと、木村を非難することはできなかった。

「ショウくん、なんてことを言うのっ」

「もう、マジにこんな生活いやっス」

「綺麗な女の子がいるじゃない。楽しいでしょう」

氷川は女王蜂《じょおうばち》のような身体つきの白人女性に視線を流した。豊満な胸なんていう大きさではないバストには、女性にまったく興味のない氷川でも目が釘《くぎ》づけになる。脅威の大きさだった。黒いブラジャーと黒い下着はシーツの波間に落ちている。ショウはグラマーな美女に手を出した後だ。

「二代目からの見舞いですが、もういいです。もうヤりました。これ以上はいいっス」

金髪美人は日本語がわからないのか、ショウの勝手な言い草を聞いても怒った様子はない。コミュニケーション不可能なことが良好な関係を築いている。

「……え？　この子、清和くんが選んだの？」

女性フェロモンを発散させている豊満な肉体の美女とポーカーフェイスの清和を、氷川は交互に見つめた。自分とは正反対のイメージを持つ女性だ。清和の愛人だった女性も腕に絡《から》ませていた夜の蝶《ちょう》も、こういうタイプではなかった。

「ああ」

「清和くんってこういう趣味だったの？　セ、セクシーダイナマイト爆発みたいな？」

セクシーダイナマイトとかいうキャッチフレーズがしっくり馴染む金髪美女を選んだ清和に、氷川は度肝を抜かれたままだ。

「ショウには宇治《うじ》や京介《きょうすけ》、オヤジがすでに女を送っていたから、毛色の変わった女がいいかと思ったんだ」

ショウのもとには何人もの美女が送り込まれている。氷川にしても聞いてみれば、清和の女性の選別の仕方もわからないではない。

ちなみに、絶世の美女でショウがおとなしくなるのは束《つか》の間《ま》のことだ。

「は……そっか、セクシーダイナマイトが清和くんの趣味かと思ってびっくりした」

清和が一途《いちず》な愛を注いでいる相手はほかでもない氷川だ。

「俺の趣味は……」

「だって……」

氷川が言《い》い淀《よど》んだ時、ショウの雄叫《おたけ》びが響き渡った。

「なんでもいいから出してくださいーっ」

「ショウくん……」

自分が見舞いに来てもショウを興奮させるだけかもしれない、と思い当たった氷川は大きな溜め息をついた。

6

翌日、院内でもつねに周囲に気を配っていたが、氷川《ひかわ》の前に晴信《はるのぶ》は現れなかった。清和《せいわ》に言われた通り、氷川は早めに仕事を切り上げてバスに乗る。

眞鍋《まなべ》組の構成員が密《ひそ》かにガードしているとは聞いていた。帽子を被《かぶ》っている信司《しんじ》がどこからともなく現れてバスに乗り込む。ローライズのデニムパンツを穿《は》いている信司は、どう見ても大学生で極道には見えない。

部屋のインテリアについて文句を言うつもりはないが、信司と話がしてみたい。が、信司に声はかけなかった。

最寄《もよ》りの駅から、氷川は久しぶりに電車に乗る。懐《なつ》かしい満員電車に改めて自分の立場を思い返した。

氷川は眞鍋組があるシマの駅に降り立つ。

酒臭いサラリーマンの団体が構内に入り、着飾った男女がネオン街に向かう。駅前のロータリーにはタクシーが並び、客を待っている。不景気を忠実に表しているのか、時間帯のせいか、タクシーを利用する者はいない。ラーメン屋の屋台にはスーツ姿の若い客がいた。花屋の屋台では夜の蝶《ちょう》を腕に絡《から》ませた紳士がカサブランカの花束を注文している。

新しくできた条例でキャッチは禁止されたが、それらしいのがうろついている。

背後から肩を叩《たた》かれて、氷川は身体《からだ》を竦《すく》ませた。

「一人で何をしているんだ？　綺麗《きれい》な姐《あね》さんが一人で歩いちゃ駄目だろう」

眞鍋組の顧問であり、清和の義父である橘高《きつたか》が、舎弟頭の安部《あべ》や古参の幹部を連れて立っている。誰が見ても極道だとわかる団体だ。

橘高は夜に一人で眞鍋組のシマを出歩いている氷川に眉《まゆ》を顰《ひそ》めていた。清和がいつも氷川にガードをつけていることは周知の事実なのだ。

「ん……」

どうやら、清和はリキと晴信のことを橘高に告げていないようだ。氷川は勝手に出歩いていると橘高に思われている。どこまで話したらいいのかわからなくて、氷川は橘高の眉《み》間《けん》の傷を見つめながら唸《うな》ってしまった。

橘高は氷川の反応で何か察したらしい。少し離れたところから氷川を窺《うかが》っている信司も見つけた。

「姐さん、早くボンのところに帰ってやってくれ」

「はい」

橘高が海千山千《うみせんやません》の眞鍋組の極道たちを引き連れて去っていく。氷川も足早に大通りを歩いた。信司も一定の間隔をおいてついてきている。神出鬼没の晴信の姿はどこにも見えない。

部屋に戻ると、清和が出迎えてくれた。

「ただいま」

氷川が清和の頬《ほお》にキスをした。チュ、という軽快な音が鳴る。

「おかえり」

「晴信くん、本当に諦《あきら》めたみたい。今日は一度も顔を出さなかったよ」

氷川の報告に清和は深く頷《うなず》いた。

「今日の朝一で実家に戻った」

執念深い晴信がついに諦めたのかと、氷川は自然に力んでしまった。

「帰ったの？」

「ああ」

断言した清和に、氷川は尋ねずにはいられなかった。

「どうしてわかるの？」

「サメの舎弟が晴信さんを尾行した。行き先の予想がついたから途中までだけどな。ほかの舎弟が日光《にっこう》で張っていた」

ボストンバッグを手にした晴信が、電車を乗り継いで実家に帰った。尾行していたのは諜報活動《ちょうほうかつどう》に長《た》けているサメの舎弟の一人だ。晴信の実家付近でもサメの舎弟の一人が張っていた。眞鍋組の機動力は時に国家権力を超える。

「日光の実家にちゃんと帰ったことまで確認した？」

「確認させた」

晴信が血眼《ちまなこ》になって捜している大事な弟はこの街にいる。氷川は教えてやりたいがそれは許されない。

「気の毒だけどこうするしかないんだよね」

「そうだ」

なんの感情も見せない清和に、氷川は切なくなってしまう。抱きついて清和の温《ぬく》もりを感じようとした。

「清和くん、なんか……」

「どうした？」

「辛《つら》いんだ」

「仕方がない。知らないほうが幸せだ」

晴信は弟がヤクザとして生きていることを知らないほうがいい。清和もリキも同じ考えだ。氷川は胸が痛んだ。

「そうなんだろうけどね」

「これで終わった。もう忘れろ」

清和に抱き上げられて、氷川はゆったりとしたソファに腰を下ろした。いや、氷川は清和の膝《ひざ》の上に乗り上げるような体勢だ。

「うん」

氷川は清和の首に左右の腕を絡めた。

「リキの本名も忘れてくれ」

「わかった」

清和の胸の中が優しくて氷川の心が癒《いや》されていく。氷川が顎先《あごさき》に吸いつくと、清和が目を細めた。

氷川の身体に触れていた清和の手に力がこもる。二人の視線が交差して、軽く唇を合わせた。

氷川には清和しかいないし、清和には氷川しかいない。

お互いにお互いしかいない二人は何をするわけでもなく、一緒にいるだけでいい。それだけで充分幸せだ。

氷川が自分の頰を清和のシャープな頰に寄せた。二人の体温は違う。圧倒的に清和のほうが高かった。

身じろぎした時、氷川の腰が清和の股間《こかん》に当たる。氷川から甘い気分が消えた。

「清和くん、傷口はどうなった？」

氷川は清和のズボンのファスナーを下ろした。

「大丈夫だ」

清和は氷川の白い手を摑《つか》んで、己の股間から引かせようとする。氷川はどっかりと清和の膝の上に乗り直した。

「清和くんはそればっかり」

「………」

「見たい」

清和が羞恥心《しゅうちしん》で拒んでいるわけではないと、氷川はちゃんと気づいている。今まで何度も清和の分身を見たり触ったりしているので今更の話だ。

「………」

「清和くん、今夜は一緒にお風呂《ふろ》に入ろう。僕、髪の毛を洗ってあげる」

氷川は清和の髪の毛だけでなく身体も洗うつもりだ。

もちろん、清和の股間の一物の状態も確かめる。

「………」

「清和くん、僕とお風呂に入るのがいやなの？」

氷川の視線から逃げるように清和は目を閉じた。

「清和くん、眠ったふりをしても無駄だよ」

「…………」

「このところ、朝立ちもないし、清和くんの大事なところの調子は悪いんでしょう。僕に見せなさい」

氷川は清和の唇を人差し指でつつきながら言った。

しかし、清和は閉じた目を開こうとしない。

「清和くん？」

「…………」

「襲うよ」

「…………」

根負けした氷川は清和の胸に頬を擦《す》り寄《よ》せた。

翌日の土曜日、外来診察はすべて休診だったが氷川は出勤していた。手のかかる入院患者が数人いたからだ。

「呼んだらすぐに来なさいと言っているでしょう」

本日も代表取締役社長である那《な》須《す》の意識は患者ではなく社長だった。氷川は医者ではなく那須の企業スタッフだ。

「言い訳は聞きません」

那須のあまりの言い草に氷川は目を丸くする。

「……は？」

「私が呼んだら五分以内に来なさい」

「那須さん、ここは那須さんの会社ではなくて病院ですよ」

那須の家族も横暴な暴君ぶりに参っているというが、氷川もほとほと疲れた。看護師もぐったりしている。

「弁解は聞かないと言っているでしょう。さぁ、今から言うものを買ってきなさい。メモの用意はいいかね？」

氷川が医者だとわからない患者から買い物を頼まれたことがある。しかし、医者だとわかっている担当患者から買い物を頼まれたのは、今回が初めてだ。

「那須さん、そういうことはご家族にお願いしてください」

「あれは役に立たない。早くメモの用意をしなさい」

「ご家族にお願いしてください」

「今から言うので聞き漏らさないように。まず、双眼鏡……」

双眼鏡をどのような目的で使用するのか、問い詰めるのは今ではない。

「ご家族の方に連絡しましょう」

氷川は加勢に来てくれたベテランの看護師長がいなければ、己の意思を曲げようとしない那須に負けていたかもしれない。一気に疲れが出たが、へたり込むことはなかった。これぐらいで倒れていたらやっていけない。

氷川が医局に戻って早めの夕食を食べようとした時、外科医の深津《ふかつ》がお好み焼きを手にしながら入ってきた。ソースの匂《にお》いが強烈で、一瞬にして医局がお好み焼きに侵食される。

「何を考えているかわからない友人が、お好み焼きを差し入れにきたんですよ。冷めないうちに食ってください」

ちょうど医局にいた医師たちが、笑いながら応接室に集まった。一番若い整形外科医がお茶を淹《い》れる。

「なんでも、差し入れを探していたら目の前に屋台があったって言うんだ。広島風《ひろしまふう》とか関西風とか？　ありったけの種類を買ったんだと」

深津がテーブルに何種類ものお好み焼きを並べながら友人の話をした。若い眼科医の戸《と》島《じま》は広島焼きに箸《はし》を伸ばす。氷川はイカが入ったお好み焼きを一切れ食べた。

「その友達っていうのが、同じ下宿に住んでいた東大の理系の奴で、頭はよかったんだがどこかおかしかった。一本ネジが外れていたっていうのかな。二十一歳の時、女のザーメンが飲みたいとか言いやがった」

勉強一筋だと容易に想像できる男の素《す》っ頓狂《とんきょう》な思い違いに、その場にいた医師はいっせいに笑った。

「僕も同じようなことを思っていたよ」

内科医の菅野《すがの》が笑いながら過去の純情を告白すると、若い戸島も続く。

「僕も女の子は男と同じようにザーメンを出すんだと思い込んでいた」

青春時代に悲しいくらい勉強しかしなかったメンバーが揃《そろ》っている。女性と付き合うどころか女性と喋《しゃべ》ることすらできなかった男が多い。そういう男は真面目《まじめ》すぎたせいか、男性向けの雑誌を購入することさえできなかったのだ。

医者になるために勉強しなかった者はいない。おしなべて、女癖の悪い医者が多い。女性に興味が出てくる時期に詰め込み式の勉強ばかりしていた弊害かもしれない。

「どこからザーメンが出ると思ってたんだ？」

医者にしては珍しく長身の二枚目である深津は、医師たちのとんちんかんな女性像に驚いていた。院内で女性に大人気の深津は昔からモテたに違いない。勉強を強いられた時代も灰色ではなかったと想像できる。

戸島はお茶に手を伸ばしながら、正直に過去の自分を語った。

「男と女は足の間についているものが違うと知っていた。知っていたんだけど、その違う

ところから、ザーメンが出てくるんだと高校を卒業する時まで思っていた。保健の授業もちゃんと受けていたのに、どういうわけか、そう思い込んでいたんだ。もう、自分でもよくわからない」

「戸島先生……なんて、まぁ……」

「天然記念物と呼んでくれて結構です」

胸を張った戸島に、ほかのメンバーは盛大に笑った。

「僕、女はいつでも胸から母乳が出ると思ってた」

カチカチの石頭と評判の真面目な若い小児科医が、豚肉が入ったお好み焼きをつつきながら赤っ恥の昔話を暴露した。

「あ、僕も思ってた。絞ったら出ると思っていたのに、出ないって聞いたから驚いたよ」

「僕も女の子のおっぱいからいつでも牛乳が出ると思っていた。だから、初めての彼女にコーヒーに入れる牛乳を出してくれって頼んだんだ。思いっきり呆《あき》れられたよ」

「僕なんか母に『牛乳をくれ』と頼んで呆れられたのが高校生の時だ」

いくらふくよかな胸を持たない男にしても、女性からみればとんでもない思い違いだろう。氷川も母乳に関しては笑えない過去があった。

「僕、全然女にモテなかった」

「僕なんて周りに女がいなかった」

「僕は母親以外の女とまともに話したのは医大を卒業してからだ」

空《むな》しい青春話をしながらお好み焼きを食べた後、各自、それぞれの仕事に戻る。

氷川は病棟を回ってから仕事を切り上げた。ロッカールームで京介《きようすけ》に連絡をしようと携帯電話を見ると、清和からメールが届いていた。内容は運転手の交代と新しいメールアドレスだ。待ち合わせ場所にいたのは、清和直属の舎弟である宇治《うじ》だった。

「お疲れ様です」

「ありがとう」

氷川を乗せた黒塗りのベンツは、眞鍋組のシマに向かって走りだす。

京介からの断りのメールも氷川の携帯に届いていた。清和のしつこい勧誘に、京介はとうとう耐えられなくなったのだ。

「宇治くん、京介くんをヤクザに引きずり込んじゃ駄目だよ」

「顔に騙《だま》されないでください。あいつが一番ヤクザじみた性格しているんですよ。俺より強いと思うし」

ショウも腕っ節は京介に敵《かな》わないと言っていた。華やかな美貌《びぼう》とは裏腹に京介の内面はとても激しい。極道であるショウをタコ殴りにしたことは氷川も聞いてはいた。

「見えないんだけど」

「あいつの顔は反則です。どうしてあいつがあんな顔しているのか不思議でたまりません。まったく、あいつが二代目の舎弟になってくれたら、俺だってショウだって心強いのに」

　宇治が京介の眞鍋組入りを切望していることがひしひしと伝わってきた。氷川も京介のことは気に入っている。

「いい子だった」

「京介、先生にはガードが甘くなると思うんで、説得してくれませんか？」

　清和ですら言わなかったことを、宇治は躊躇《ちゅうちょ》することなく口にした。二代目のため、眞鍋組のため、という思いが強いからだ。

　若い清和には圧倒的に子飼いの舎弟が少ない。荒っぽいチャイニーズ・マフィアとの抗争では血を見て卒倒する舎弟が多く、清和の基盤がいまだ脆《もろ》いことが露呈した。橘高が抱えている武闘派の構成員がいなければ、チャイニーズ・マフィアとの戦いは危なかった。いくらリキが裏で画策しても。

「僕、京介くんがヤクザになるのは反対だよ」

　京介だけでなく、誰であっても暴力団の構成員になることには賛成できない。

「二代目のためですよ。あいつは本当に頼りになります。それだけは確かです」

　京介は血を見ても倒れるどころか顔色も変えない。腕っ節も強いし、度胸も据わっている。頭の回転も速い。

「頼りになる京介くんが必要なほど清和くんはまだ危険なの？」

氷川の懸念に、宇治は焦《あせ》ったようだ。

「チャイニーズ・マフィアのことは安心してください。あれから何もありません」

「誰からも何もない？」

「ないっス」

きっぱりと言い切った宇治は、気持ちいいほど清々《すがすが》しかった。どこかショウに雰囲気が似ている宇治に、氷川の気分も軽くなる。

「信用していいんだね？」

「ホストが言う『愛している』より信じられると思います」

宇治は歌うように軽く言いながら、アクセルを踏み続けていた。スピードが増す。

「ホストの『愛している』なんて、信じられないセリフの典型じゃないの？」

「よく知っていますね」

宇治の顔つきがだんだんきつくなって、車のスピードもいちだんと速くなった。

「そりゃあ……あの、宇治くん？　そんなにスピードを出したら、スピード違反で捕まるかもしれない」

「後ろのバイク、病院からずっと尾《つ》けているんですよ」

宇治に言われて、氷川は後ろを振り返った。大きな黒いバイクが一台、十メートルほど後方を走っている。追跡者といえば苛烈《かれつ》な攻撃をしかけてきたチャイニーズ・マフィアが即座に脳裏に浮かぶ。

「え……？　チャイニーズ・マフィア？」

「チャイニーズ・マフィアとは終わったし、今は何もないはずなんですよ」

焦っているのか、宇治の額には汗が噴き出ていた。

「清和くんが破門した組員？」

御法度《ごはっと》にしていた麻薬の密売に手を出した構成員、詐欺行為を働いた構成員、清和は容赦なく切り捨てて恨みを買っている。

「わかりません。カタギかどうかもわからねぇ。先生、二代目に連絡してください」

「わかった」

氷川は携帯電話を取り出すと清和を呼んだ。七回目のコールで清和が出る。

「清和くん、今車で帰っている途中なんだけど、病院から僕をずっと尾けているバイクがあるんだって」

携帯の向こう側にいる清和がどんな顔をしているのかわからないが、戸惑っているようだった。

『どんな奴だ？』

「男だよ。ヘルメットを被ってるから顔とか歳《とし》はわからない」

辛《かろ》うじて、追跡者の性別だけは判別した。

『バイクは何台だ？』

「一台」

『宇治にXの道を進めと言ってくれ。俺もすぐに行く』

携帯を切った後、氷川はアクセルを踏み続けている宇治に声をかけた。

「宇治くん、Xの道を進めって」

眞鍋第三ビルと明和《めいわ》病院を行き来する道は、毎回微妙に違っていた。運転手がショウであれ京介であれ、朝と夜、同じ道を行き来しない。異変があった時の道順は『X』と決められていた。運転手はルート・Xを進みながら、眞鍋組からの応援を待つ。

「わかりました」

「チャイニーズ・マフィアなのかな？」

「チャイニーズ・マフィアだったら団体で来そうなんですけどね」

宇治は鬼のような顔でハンドルを右に切った。氷川は後部座席からずり落ちそうになってしまう。すんでのところで耐えた。

「先生、大丈夫ですか？」

宇治の心配そうな声が車中に響く。

「う、うん」

「すみません、もう、腹を括《くく》って安全運転でいきます」

宇治は黒い大型バイクを振り切ろうとしているが、氷川を乗せていては到底無理だ。Xの道を進んでいれば、どこかで眞鍋組の応援と落ち合う。

「うん、清和くんが来てくれるって」

「それまで、何も仕掛けてくるなよ」

宇治はゆっくりとスピードを落とした。尾行しているバイクは十メートル以上決して近づかない。消えたと思うと現れた。

「二代目のベントレーだ」

宇治は一般道路を走っていたが、清和所有のベントレーを見つけた途端、右手にあった横道に進む。どこからともなくやってきたベントレーとキャデラック、ポルシェとマクラーレンが、氷川が乗っている黒塗りのベンツを守るように囲んだ。スモークガラスなので中にいる人物の顔はわからないが、眞鍋組の構成員に違いない。ベントレーには清和が乗っているはずだ。

「あれ？　黒いバイクがいなくなった？」

「逃げたのかな？」

消えたと思っていた黒いバイクが、前方から突進してくる。氷川を乗せたベンツの前を走っていたベントレーが、左手にあった閉鎖後の工場の駐車場で停《と》まった。それが合図のように、ほかの車も急停車する。

「先生、必ずお守りします」

宇治は真剣な顔で言ったが、氷川は首を左右に振る。黒のデニムパンツ姿のラインに見覚えがあるのだ。

「ヒットマンじゃない」

「……え？」

黒い大型バイクを降りた男がヘルメットを外した。日光に帰ったはずの晴信が、いつもの爽《さわ》やかな笑顔を浮かべてやってくる。

「どうしよう」

晴信に車窓をノックされて、氷川はとうとう諦めた。どうしたって、晴信を止めることはできない。それは誰よりも氷川が知っている。自分も、躱《かわ》し続《つづ》ける清和をどこまでも追ったのだから。

「先生、待ってください」

氷川が宇治の制止も聞かずに車の外に出ると、晴信はにっこりと微笑《ほほえ》みながら挨拶《あいさつ》をしてきた。

「先生、お疲れ様です」

「晴信くんもお疲れ様」

晴信の執念に負けたのは氷川だけではなかった。黒いスーツ姿のリキが溜《た》め息《いき》をつきながら、ベントレーの運転席から降りる。その手には鈍い光を放っているサイレンサーがあった。銃口は晴信に向けられている。

ほかの車から降りた眞鍋組の構成員たちの手にも、サイレンサーが握られていた。焦点は晴信に絞られている。

いくつもの凶器が晴信を狙《ねら》った。

「リ、リキくんっ」

真っ青になった氷川がリキを止めようとしたが、ベントレーから出てきた清和に阻《はば》まれた。

「先生、出るな」

「ん……」

晴信とリキの間には誰も割り込めない雰囲気が漂っていた。サイレンサーを構えている構成員たちも微動だにしない。リキの指示がない限り、指一本動かさないだろう。

「義信《よしのぶ》、どこのヤクザかと思った」

迫力を漲《みなぎ》らせている弟や構成員に銃口を向けられても、晴信はまったく動じない。いつもと同じ調子で微笑んでいる。

リキも久しぶりに会う兄に、いっさい感情を隠さなかった。

「どこのヤクザじゃない。正真正銘のヤクザだ」

「お前に麻薬の密売や人殺しができるか」

暴力団といえば麻薬や殺人に結びつける晴信に氷川は唸る。氷川も暴力団は犯罪組織というイメージしかなかった。

清和は大金が舞い込む麻薬の売買を禁止している。眞鍋組を犯罪組織にはしないと奮闘していた。

「兄さん、ヤクザに凄《すご》いイメージを持っているんだな」

リキは切れ長の目を細めながら、サイレンサーをしまった。顎を鷹揚《おうよう》にしゃくって、晴信を囲んでいた構成員たちを下がらせる。みんな、無言で車の中に戻っていく。氷川は清和と佇《たたず》んだままだ。

「そうだろう？　ヤクザなんて社会のゴミだ。ゴミ以外の何物でもない」

晴信は真上から叩きつけるような口調で詰《なじ》る。

「社会のゴミになった弟は忘れろ」

リキは顔色一つ変えない。

「人としての道を踏み外した弟を連れて帰るのは俺の仕事だ。高徳護国《たかとくごこく》の名にかけて、ヤクザは許さない」

晴信はリキの襟首に摑みかかった。しかし、リキはスルリと身を躱す。高徳護国の血を引く兄弟の間には一触即発の緊張が走った。

　大事な弟を更生させたがる気持ちは、氷川にも痛いほどよくわかる。

「俺は二度と家には戻らない」

「お前は高徳護国の申し子だ。あれほど打ち込んでいた剣道をやめてヤクザになる馬鹿《ばか》がどこにいる」

「俺を庇《かば》って死んだ男がいる。俺はそいつに成り代わってやるべきことがあるんだ。いくら兄さんでもこれ以上、俺の邪魔をしたら許さない。こちらにも考えがある」

　凄《すさ》まじい迫力を漲らせて眞鍋の虎《とら》が凄んだが、高徳護国流の直系は動じなかった。

「俺がヤクザの脅しにビビるとでも思っているのか？」

「脅しじゃない、本気だ」

「俺も冗談じゃなくて本気なんだよ。お前をヤクザなんかにしておけない。わかっているだろう」

　鬼のような形相を浮かべた晴信に、リキは喉《のど》の奥で笑った。

「高徳護国に警察関係者がいるだろう。オフクロやオヤジは俺がヤクザになったことを知っていると思うぜ。知らなかったのは兄さんだけだ。理由は説明しなくてもわかるな？いくらなんでもそこまで馬鹿じゃないよな？」

　高徳護国流は極道に身を投じた次男に気づいている。それなのに、素知らぬふりをしているのだ。

「相変わらず、クソ生意気な弟だな」

氷川は晴信が弟を溺愛《できあい》している甘い兄だとばかり思っていた。想像とは違う兄弟の仲に戸惑った。

もちろん、二人の兄弟仲が悪いとは思わない。兄弟の仲はいいのだろうが、思っていた二人ではないのだ。

「そっちこそ、相変わらず周りが見えていない兄貴だ」

高徳護国流に鬼神《きしん》と称された次男の居場所はもうない。騒動の火種になるだけだ。

「お前こそ、自分が何者かわかっていない奴だ」

弟が最高の剣士だと信じている兄の言葉は何よりも重く、表情は恐ろしいほど真剣だった。

「さっさと日光に帰れ。二度と出てくるな」

「殴り殺してでも連れて帰る」

晴信は殺気立っていたが、リキは憎たらしいほど落ち着いている。

「あいにく、俺のほうが強い」

「お前のことだから、刺青《いれずみ》を彫ったんだろ」

「ああ」

その瞬間、晴信はリキの頰を思い切り殴り飛ばした。

リキならば晴信の拳《こぶし》を避《よ》けることもできただろうに甘んじて受けている。口の端が切れた。

「馬鹿野郎ーっ」

晴信は苦しそうに叫んだ。

弟に手を上げた晴信に氷川は固まった。単なる暴力ではない。愛ゆえの暴力だということはわかっている。わかってはいるが、氷川はひたすら驚いた。

清和に抱かれる前、まだ氷川にとって清和が弟だった頃のことだが、可愛《かわい》い清和に手を上げるなど夢にも思わなかった。今でも清和の頰を殴り飛ばすようなことはできない。清和は箸の上げ下ろしからすべてしてやりたくなる存在だ。

「俺の刺青は虎、通り名も虎だ。高徳護国は二度と名乗らない」

「どこで育て方を間違えたんだ」

晴信に冗談を言っている気配はまったくない。二つしか違わない兄の言葉を、リキは鼻で笑い飛ばした。

「俺は兄さんに育ててもらった覚えはない」

「昔はなんでも俺の真似《まね》をしたがった可愛い弟だったのに」

リキにもそんな時代があったのかと、氷川は感動した。誰も子供の頃から虎や龍《りゅう》だったわけではない。

「さっさと帰れ」

リキの表情も口調も常の状態で感情がない。

「先生、俺の弟、昔は可愛かったんですよ」

冷淡な弟に傷ついた素振りを見せる晴信に話しかけられて、氷川も傍《かたわ》らにいた清和を指しながら答えた。

「僕の大事な子も昔はとても可愛かったんです」

今更、何を隠しても晴信には無駄だ。もしかしたら、誰よりも氷川の気持ちを理解できる人物かもしれない。万が一、晴信から眞鍋組との関係が病院に流れても構わない、と氷川は腹を括っていた。

「うちの弟が虎ならそちらは？」

氷川の正直な言葉を聞いた晴信の頬は緩んでいる。

「うちの子は昇り龍です」

「まだ若い？」

聡《さと》い晴信なので、清和が自分の弟が仕えている男だと気づいているはずだ。決して、晴信は清和には話しかけない。

「若いです」

「先生の大事な子ですか」

晴信は自分を宥《なだ》めるかのように呟《つぶや》き、清和を涼やかな目で眺める。

「この世で一番大事な子、僕の命より大切な子です」

「親に対する究極の選択で『息子がニューハーフかヤクザ、どちらかに必ずなるとしたらどちらを選ぶ』とかいうヤツがあったんです。うちの両親は迷わず、ニューハーフを選びました。俺や義信がバケモノみたいな女になったって世間に迷惑はかけないとね」

逞《たくま》しい晴信とリキのニューハーフ姿など、想像することすら氷川はできない。晴信の究極の選択を聞いたリキと清和は、視線だけで語り合っていた。解決の緒《いとぐち》を手繰っているのだろう。

ニューハーフの清和かヤクザの清和か、どちらかを選べ、という究極の選択を突きつけられたならば、自分はどうするだろう。思わず、氷川は考え込んでしまった。

「う～ん、ニューハーフの清和くんとヤクザの清和くん……清和くんにヤクザはやめてほしいけどニューハーフの清和くんはいやかな。でも、ニューハーフだったら命の危険はない。どうしよう」

氷川は清和の兄にもなれば母親にもなるし恋人にも妻にもなる。自分でも自分の気持ちを持て余すほど清和への想《おも》いが強いのは、いろいろな立場で愛しているからなのかもしれない。だが、氷川の中で清和が女になったことは一度もなかった。幼い清和であれ、可愛い清和であれ、凛々《りり》しい清和であれ、いつも清和は男だ。

「先生、まぁ、そんなに真剣に悩まなくても」

ヤクザの清和がいやだと思ってもすでにヤクザだ。しかし、選べるとなったら危険なヤクザを選びたくはない。

「どちらもいやです」

氷川が正直に答えると、晴信は軽く笑っていた。

「そうですか」

「はい」

「先生、今までいろいろと申し訳ありませんでした」

すべてを吹っ切った顔で礼を言う晴信に、氷川は戸惑いつつも尋ねたかったことを聞いた。

「昨日、実家に戻ったんじゃなかったんですか?」

「何度も言うように、先生が優しすぎたんです。義信が出ていってから俺はさんざんな思いをしました。人の裏の顔もいやというほど見ました。先生みたいな方、初めてだったんですよ。絶対に何か知っているって確信していました」

晴信の顔と口調には、氷川に対する親しみと感謝が込められている。結局、自分が原因だったのだから、氷川にしてみれば複雑だ。

「僕ですか」

「それに、義信の性格を考えたんです。きっと、どんな手を使っても俺を帰らせるってね」

意味深な笑みを浮かべた晴信は、単なる爽やかな青年ではなかった。リキが言った通り、なかなかの曲者《くせもの》だ。

「晴信くんにやられたね」

氷川は清和とリキを交互に見つめながら笑った。眞鍋組の昇り龍と虎は無言で佇んでいるばかりだ。おそらく、何も言いたくないのに違いない。

晴信が無言で立っているリキに声をかけた。

「義信、何があっても必ず生き延びるように。どんなこずるい手を使ってもいいから生きるんだよ」

誰よりも礼儀を重んじなければならない高徳護国流の後継者が、この世でたった一人の弟に向けた言葉は、いろいろな意味で苛烈だった。

「…………」

「俺はお前が犯罪者になっても見捨てたりしない。いい弁護士をつけてやる。刑務所に差し入れに行く。だから、どんなことがあっても自ら命を絶つような真似はするな。俺を二度もおいていくんじゃないよ。いいね？」

晴信は切れ長の目を曇らせているリキの肩を軽く叩くと、バイクに跨《また》る。氷川と清和に向かって軽く頭を下げながら言った。

「先生、龍殿、うちの弟をよろしくお願いします。いらなくなったらコンクリート詰めにして東京湾に沈めるのではなくて、俺のところに返してください」

晴信は言い終わると、すぐにヘルメットを被ったので表情はわからない。だが、氷川は晴信が泣いているような気がした。

「晴信くん？」

晴信はエンジン音を響かせながら走り去っていく。

晴信は弟を見つけたら何がなんでも連れて帰ると、氷川は思っていた。二度と高徳護国の敷居を跨ないと誓っているリキとの間で凄絶《そうぜつ》な諍《いさか》いが避けられないとも。剣士としての道を踏み外しただけでなく、一般人としての道を外れた弟を見逃すとは、夢にも思わなかった。

晴信は刺青を身体に彫ったリキを弟として大事に思っている。見捨てたとも見限ったとも思えない。けれど、修羅《しゆら》の世界にいる弟をおいて日光に帰った。

狐《きつね》につままれたような気がしてならない氷川は、晴れやかな顔をしている清和に尋ねずにはいられなかった。

「いったいどうなったの？　晴信くんはリキくんが眞鍋組にいることを許したの？　家に

一度戻ってまたリキくんを連れ戻しにくるつもり？」

「リキの兄貴だ」

清和がいまだかつてないほどしみじみとした口調で言うと、冷静沈着が代名詞のリキが照れくさそうに微笑んだ。そんなふうに笑うリキを見たのが初めてで、氷川は顎が外れそうになった。

「リキくんが笑ってる」

氷川の言い草にリキはなんの反応もせず、頭を深々と下げた。

「姐さん、お騒がせいたしました。これでもう兄が先生の周りをうろつくことはないと思います」

「晴信くんはいったいどうしたの？　心境の変化？」

「さぁ……？」

リキは何も教えてはくれなかったが、氷川は真の兄弟の絆《きずな》を見たような気がした。清和もとても感慨深そうだ。

眞鍋第三ビルに戻り、清和と二人きりになった氷川は大きな溜め息をついた。どうしたって、自分と清和の再会時を思い出してしまう。

「僕は病院に怒鳴り込んできた清和くんを一目見て、いてもたってもいられなくなった」

若手内科医の医療ミスで若い構成員が亡《な》くなったと、清和は何人もの屈強な極道を従えて病院に乗り込んできた。ヤクザなんかに決して近づいてはいけない、と氷川はスタッフから注意された。医者ならばどんなことをさせられるかわからないからだ。医者は医者というだけで利用価値がある。

「ああ……」

「清和くんが眞鍋組にいると知って、黙っていられなかった」

氷川の晴信に勝るとも劣らない突撃ぶりを思い出しているのか、清和の口の端が少しだけ上がっていた。

「そうだったな」

「僕が晴信くんだったら、リキくんをおいて帰らない」

自分が晴信だったならば、リキが清和だったならば、絶対に清和をおいたまま帰ることはできなかった。氷川はそう断言できる。

「そうか」

「頭ではヤクザと関《かか》わらないほうがいいとわかっていても駄目だったんだ。どうしても清和くんが忘れられなくて、暴力団なんかにもおいておけなくて。なのに、晴信くんは何故《なぜ》

「……」

心の中でぐるぐると渦巻いている気持ちを上手《うま》く伝えることができないが、清和は的確に把握していた。

「晴信さんとリキは兄と弟だ。俺と先生とは違う」

血の繋《つな》がった正真正銘の兄と弟、不幸な時代を支え合うように寄り添った氷川と清和、根本的に違う。清和はズバリと指摘した。

「本当の弟みたいに思っていた可愛い清和くん」

十歳年下で不憫《ふびん》だった小さな清和は、氷川の守るべき可愛い弟だった。けれど、弟のようだった男はいつまでも弟ではない。一人前の男になっている。

「昔は弟だったかもしれないが、もう弟じゃない」

「清和くんが本当の弟だったら、僕も晴信くんみたいに清和くんを諦めることができたのかな。清和くんと離れたくないから本当の弟じゃなくてよかった」

どちらが深い絆で結ばれているか、そういうことではない。晴信とリキには兄弟の揺ぐことのない信頼と絆があるのだ。晴信はリキがどんな残虐なことをしても、誰からどのように非難されようとも、弟に対する愛情は変わるまい。

「先生……」

「うん、僕は清和くんをおいてどこにも行けない」

黒目がちな目を濡《ぬ》らした氷川が清和に抱きついた。すぐに清和の逞しい腕で身体をぎゅっと抱き締められる。

「先生は俺の女房だ。どこにも行かせない」

「清和くんも僕をおいて逝《い》かないで」

「わかってる」

「晴信くんじゃないけど、どんなこずるい手を使ってもいいから生き延びて」

清和が鬼畜だと罵《ののし》られる行為をしても、生き抜くためならば一向に構わなかった。氷川は人の命を預かる医者失格だと非難されてもいい。清和が無事にいてくれれば、それでいいのだ。

「ああ」

「どんなひどいことをしてもいいから、清和くんは無事でいて」

清和が地獄に落とされるのならば自分が代わりに落ちる。愛《いと》しい清和のためならば地獄の業火《ごうか》に焼かれて苦しんでもいい。

「わかってる」

胸が痛くなるぐらい清和が愛しくなる。氷川は清和の首に左右の手を回した。それが合図になったかのように、清和に抱き上げられる。

「清和くん？」

「いやか？」

珍しく、清和が行為を強請《ねだ》っている。氷川に清和を拒む気は毛頭ない。求められるのならば求められるだけ与えたい。ほしいならほしいだけ奪ってほしいと思っている。

「いいよ」

氷川を抱いて歩く清和の足取りは確かだ。ベッドルームのドアは両手が塞《ふさ》がっている清和に代わって氷川が開けた。

信司が用意したムスク系のルームコロンが漂っている。

氷川はピンクの洪水の中に沈められた。獰猛《どうもう》な男の匂いを漂わせている清和が、ゆっくりと身体を乗せてくる。

清和の唇が氷川の鼻先を掠《かす》めた。

氷川は左右の手を伸ばして、清和のネクタイを外して床に落とす。ボタンも上から順番に外していった。三つ目のボタンに手をかけた時、じれったくなったのか清和が氷川の動きを封じ込めた。

「あ……」

氷川のネクタイが清和の大きな手によって外され、白いワイシャツのボタンが一つずつ外されていく。首筋に唇を感じて、氷川は身体を軽く捻《ひね》った。

「くすぐったい」

清和の手は氷川のしなやかな身体を暴《あば》いていく。現れた胸の突起を口に含まれて、氷川は下半身を小刻みに痙攣《けいれん》させた。

「清和くん……」

清和は舌で弾《はじ》くように氷川の胸の飾りを転がしている。胸元にある清和の頭を撫《な》でると氷川は、母親の乳首《ちくび》に吸いついていた赤ん坊を思い出した。

「僕はどういうわけか女の子に興味が持てなくて、思春期なんか特に悩んだんだ。女の子になりたかったわけじゃない。けど、一度だけ女に生まれていればよかったなって思ったことがある」

なんの前触れもなく始まった氷川の昔話に、清和は凛々しい眉を顰めている。氷川が過去を語ると小さな清和がついてくるからだ。

「いきなりどうした?」

「清和くんが五つくらいの時かな。保育園に行けなくなった頃だよ。清和くんはお腹を空かせていて、道端に落ちていたバナナの皮を拾って食べようとしたから、僕は怒って取り上げた。覚えていないかな」

当初、幼い清和は保育園に入れられたが、保育園料の滞納が続いたので、強制的に退園させられてしまった。保育園で出る食事が唯一の清和の栄養源だと言っても過言ではなかったというのに。

「覚えていない」

道路に落ちていたバナナの皮を食べようとした過去を聞いた清和は、氷川のなだらかな胸から顔を上げようとしなかった。たぶん、頼んでも顔を見せてはくれないだろう。

「清和くん、よっぽどお腹が空いていたのか、バナナの皮を食べるってきかなくて」

氷川が学校から帰る途中、アパートの前で待ち構えていた清和が飛びだしてきた。機嫌よくまとわりついていたのも束《つか》の間《ま》のこと、道路に落ちていたバナナの皮に手を伸ばした。あの頃の清和はまだ動物に近かった。

『バナナ、食う』

『清和くん、道に落ちているものを食べちゃ駄目だよ。ばっちいよ』

『食うーっ』

氷川は駄々をこねる清和を抱き上げながら途方に暮れた。

『お腹が空いているのか』

バナナ、バナナ、と手足をばたつかせながら騒いでいる清和にバナナの皮を与えるわけにはいかない。氷川は自分の小遣いの残高を思い出して躊躇したが、清和を連れて買い物に行くことに決める。

よく清和が一人で遊んでいる公園を通りかかった時、ベンチで赤ん坊に母乳をやっている母親の姿が木々の間に見えた。

『おっぱい、飲んでる』

氷川に抱かれていた清和が、幸せそうな母親と赤ん坊を小さな指で指している。終わっていたはずのおしゃぶりも始まった。

清和の母親の園子《そのこ》は派手なホステスで常識のない女だったが、胸の形が悪くなるという説も気にせず、清和を母乳で育てた。

『諒《りょう》兄ちゃん、おっぱい』

何を思ったのか、清和は氷川の胸を小さな手で弄《まさぐ》った。どんなに探しても、氷川の胸に膨らみはない。

『清和くんもおっぱい飲みたいの？』

『諒兄ちゃんにおっぱいないの？』

母親には構ってもらえないし、保育園にも幼稚園にも通っていないせいか、清和は同じ年頃の子供に比べていろいろと遅かった。

『おっぱいは出ない。僕、女の子だったらよかったのにね。そうしたら、いつでも清和くんにおっぱいをあげられるのに』

あの時、氷川は心の底から自分が女でありたかったと思った。理由はただ一つ、清和の飢えを満たすためだ。

若い女性だったならばいつでも母乳が出ると、あの頃の氷川は思い込んでいた。母親という男にとって初めての恋人がいなかったことと、勉強一色の弊害に違いない。

どこか遠い目をしながら過去を語った氷川の胸で、清和は固まっていた。身に纏《まと》っている空気は極道界と兜町《かぶとちょう》で評判の切れ者のものではない。

「僕、あの時、あのお母さんに『清和くんにもおっぱいをあげてください』って頼むか、迷ったんだ。迷っているうちに、お母さんはどこかに行ってしまったんだけどね」

母親の胸からベビーカーに移された赤ん坊はとても幸せそうで、氷川は不憫な清和と自分が哀れに思えて仕方がなかった。氷川は胸にいる清和の温もりで耐えた。幼い清和の温かさと無邪気な笑顔がなかったら崩れ落ちていた日々だ。

「…………」

「僕、女の子の胸を絞ったら牛乳が出るものだとばかり思っていたから、女になりたいって初めて思った。女だったら清和くんにいつでも牛乳が飲ませられる。便利だなって」

兄と弟どころか、清和に対する氷川の愛は母に近い。いや、母以上かもしれない。

「…………」

「僕、あの頃、何を考えていたのかな。女の子の胸はどんなに絞っても牛乳なんて出ないのに」

氷川は十五歳、公立の中学校に通っていた。学校での成績は優秀だったが、女性関係は無知だった。

「…………」

「清和くんもあの頃は何を考えていたのかな」

「一緒にいた人のことしか考えていなかったと思う」

氷川の胸に向かってぼそぼそと呟くように漏らした清和が可愛くて、氷川はたまらなくなってしまった。

「今も僕のことしか考えていなかったらいいのに」

「先生のことしか考えていねぇよ」

清和の唇が胸の突起から脇腹《わきばら》に落ちていく。氷川を胸や母乳の話から遠ざけたいのだ。

「ずっと僕のことだけ考えていて」

「ああ」

「諒兄ちゃんは清和くんがいないと生きていけない」

氷川が自分で自分を『諒兄ちゃん』と言うと、腹部を彷徨《さまよ》っていた清和の唇が止まった。

「俺もそうだ」

「清和くん……」

氷川は自分の身体の上にいる清和の後頭部を左右の手で撫でた。昔のように頭を撫でると喜ぶ子供ではないというのに。

「先生……」

腹部から顔を上げた清和は、見たほうが熱くなるぐらい強烈な男性フェロモンを発散させていた。氷川の胸の鼓動が速くなるが、肝心の清和の男性器の負傷を思い出した。

「忘れてた、もう大丈夫なの？」

「ああ」

「ちょっと見せて」

氷川は清和の身体から這《は》い出《で》ようとしたが阻まれる。大人の男の顔をした清和にやんわりと言われた。

「見なくてもいい」

「一応、確認しておきたい」

「身体でわかる」

密着している身体から清和の熱さが伝わってきた。布越しでもはっきりとわかる。

「よかった」

ほっと胸を撫で下ろした氷川のズボンのベルトが、清和の手で外された。ファスナーがゆっくりと下ろされる。

氷川はズボンと下着を脱がせやすいように細い腰を浮かせた。靴下は自分で脱ぐ。華奢《きゃしゃ》な身体を覆うものは何もない。

「おいで」

氷川が白い手を伸ばすや否や、年下の男は情熱的な恋人になる。もはや、氷川の腕の中で駄々をこねていた子供ではない。

「あ、そこは駄目」

際《きわ》どいところに清和の手が伸びてきたので、氷川は身体を捻った。

「…………」

「清和くん、それも駄目」

「あれも駄目、これも駄目、それはないだろう」

清和の言い分ももっともだが、氷川も譲れないことがある。

「あんまりいやらしいことをしちゃ駄目だって言っているでしょう」

「…………」

「わかったね？」

無言の清和に下肢をこれ以上ないというくらい大きく開かされたので、氷川は顔を真っ赤に染め上げながら怒鳴った。

「清和くん、駄目ーっ」

「いいだろう」

「駄目」

ベッドの上でも意見が合わなかったら、折れるのは決まって年下の男だった。
その夜、二人は幾度となく愛し合った。

7

あれから一週間たったが、氷川《ひかわ》の前に晴信《はるのぶ》が再び現れることはなかった。眞鍋《まなべ》組やリキの前にも姿を見せない。

清和《せいわ》は晴信の名前を口にすることすらしなかった。忘れろ、と清和に言われている手前、氷川も話題にできない。

土曜日、氷川は病院に向かった。仕事を終えて宇治《うじ》にメールを打つと、待ち合わせ場所にはショウがいる。

「お疲れ様です」

氷川は挨拶《あいさつ》どころではない。ショウが着ていた赤いトレーナーを捲《めく》って、巻かれている包帯を確かめた。ギプスもまだ外れていない。

「ショウくん、もういいの？」

「ご覧の通り、ピンピンしています」

ショウはいつも元気だけはいい。

「無理を言って出てきたんじゃないの？」

いくらなんでも早すぎる、と氷川はショウの身体《からだ》を医者の目で上から下まで眺めた。よくわからないが、完治はまだまだのはずだ。

「ちゃんと木村《きむら》先生の了解はもらいました」

ショウは堂々と胸を張っているが、氷川は信じなかった。

「木村先生を殴って了解をもらったとか？」

「あの先生がそんなタマですか？」

木村に手を上げていたら、ただではすまないだろう。間違いなく、木村はショウより何枚も上手《うわて》だ。

「まぁ、そうだけど」

「とりあえず、乗ってください。二代目のもとに送ります」

邪気のない笑顔を浮かべたショウに促されて、氷川は黒塗りのベンツに乗り込んだ。運転席に座ったショウはアクセルを踏む。こうしていると、ショウが怪我人《けがにん》とは到底思えない。

氷川を乗せた車は夜の街を静かに進む。

「ショウくん、京介《きようすけ》くんのマンションに帰ったの？」

彼女のいないショウが帰る場所は京介のマンションだ。

「はい」

「京介くんにもいっぱい心配かけたんだから、優しくしてあげないと」

「あいつがそんなタマですか」

ショウは木村に対する言葉を京介にも向けた。確かに、ショウと木村には共通する逞《たくま》しさがある。

「京介くん、友達思いのいい子じゃないか」

チャイニーズ・マフィアの熾烈《しれつ》な攻撃を受けている最中、京介は危険も顧みずにショウのもとに向かった。何本もの火柱が立っている七階のフロアから十階にショウを避難させたのは、眞鍋組とは無関係の京介である。ビルに飛び込んだ京介がいなかったら、ショウの命はなかったと、氷川はやたらしみじみとしていた宇治から聞いて知っていた。

「たまに、あいつのいいところは顔しかないと思う時があります」

ショウの言動に京介に対する感謝が込められていないので、氷川は嫌みめいたことを言いたくなってしまった。

「ショウくんは家賃も食費も入れないし、服もお金も借りているのに、そういうこと言わないほうがいいよ」

極道は若い時は女の世話になる。そうしないと、極道としてやっていけない。京介の援助がないと、ショウはそれまでだ。

「京介、そんなことまで先生に話したんですか?」

ハンドルに手を添えているショウは憮然《ぶぜん》としていた。

「嘘《うそ》なの？」

氷川が目を見開きながら尋ねると、ショウは口の端を歪《ゆが》ませながら答えた。

「嘘じゃありませんけど」

正直なショウに氷川は頬《ほお》を緩ませた。

「京介くんには感謝しないと」

「二代目の舎弟になってくれたら感謝するんですけどね。あいつは絶対にヤクザにはならないと思います」

ショウも頼りになる京介を眞鍋組の構成員として迎えたがっていた。だが、京介の説得は無理だと諦《あきら》めている。

氷川にしてもショウを眞鍋組に勧誘するつもりはない。

「うん」

「ヤクザのほうがホストよりもマシだと思うんですけど」

冗談ではない。ショウはどこまでも本気だ。

「それ、京介くんが聞いたら怒ると思う」

氷川の言葉に、ショウはハンドルを右に切りながら笑った。

ショウの復活が氷川は心の底から嬉《うれ》しい。

部屋に帰るとすでに清和が寛《くつろ》いでいた。大理石のテーブルに日光《にっこう》名物が詰め込まれた段ボールが置かれている。誰からの贈り物か、氷川は清和に尋ねなくてもわかった。

「晴信くんからだね」

氷川は日光名物と銘打っているゆばを手にしながら笑った。仕上がりが平たい京都《きょうと》のゆばに対して、日光のゆばは何重にも巻き上げるという特徴がある。

「先生への迷惑料だと思う」

氷川は伝統的な桜を彫った見事な日光彫の銘々皿《めいめいざら》に目を瞠《みは》った。こういったものに詳しくはないが、年月がかけられている秀逸品だということはなんとなくわかる。

「宅配便で届いたの？」

「ああ」

「宛名《あてな》はどうなってた？」

日光名物が詰め込まれた段ボールは眞鍋組の総本部の住所に送られてきた。宛名は『橘《きつ》高《たか》清和殿』に『奥方殿』だ。

リキも清和も組の名前は一言も漏らしていない。氷川も眞鍋組での自分の立場を口にしていない。

「奥方殿って、僕のことだよね」

晴信がどんな気持ちで宛名を書いたのか、氷川は知りたくなってしまった。

「俺の女房がほかにいるのか？」

「それは僕が清和くんに聞くことだよ」

清和には自分しかいない、と信じていても清和に確かめたくなる。あまりにも清和が魅力的だからだ。

清和は氷川が望んだ言葉を口にした。

「先生以外に誰もいない」

「うん」

氷川は宅配便の伝票をひらひらさせながら、言葉を重ねた。

「晴信くん、調べたのかな?」

「高徳護国流《たかとくごこく》にいる警察官を脅して聞きだしたんじゃないかと、リキが言っていた」

兄を誰よりも知るリキが言うのならば間違いはないだろう。氷川もリキの意見に反対しなかった。

「はぁ……」

「リキの兄貴だけのことはある」

「晴信くん、リキくんを諦めていなかったの?」

清和にとってリキがどれだけ大切な男か、新しい暴力団を目指している眞鍋組にしてもリキがいなければ立ちゆかない。

氷川は清和がヤクザでいる以上、リキもヤクザでいてほしかった。

何よりも大事な清和を守ってほしい。

「いや、先生宛の荷物が送られてきただけだ。リキには何もない」

「よかった」

清和は独り言のようにポツリと弱音を吐いた。

「リキがいないと困る」

右にリキ、左にショウ、これが清和が修羅《しゅら》の世界で闘うための一番いいポジションなのかもしれない。ショウも回復したし、ひとまず安心だ。

「うん。ショウくんも元気になってよかった」

「……………」

清和の表情は変わらないが、氷川には手に取るようにわかる。ショウは治癒したわけではないのだ。

「清和くん、やっぱりショウくんは木村先生に何かして無理やり出たの？」

「木村先生に愛想《あいそ》をつかされて放《ほう》りだされたんだ。本当だったらまだ安静にしていないといけない」

エロ本もＡＶも美女も、ショウをベッドに縛りつけておくことができない。病室で暴れまくるショウに、木村の堪忍袋《かんにんぶくろ》の緒がとうとう切れたのだ。

「ショウくん、なんてことを……ううん、木村先生も何をやっているんだ」

氷川は同業者である木村を詰《なじ》ってしまう。

「あいつを病室に閉じ込めておくのは無理だ」

ショウを言葉で押さえつけられる立場にいるはずの清和が、完全に匙《さじ》を投げていた。

「清和くんまで何を言っているんだ。今はよくても後遺症に苦しむかもしれない」

「俺も言った」

切れ長の目を曇らせている清和の頬を、氷川は慰めるように撫《な》でた。

「無駄だったの？」

「ああ……」

「リキやオヤジも説得したが無駄だった」

眞鍋組随一の策士と眞鍋組の重い看板が出張っても徒労で終わっただけ、ショウを白い病室に閉じ込めておくことはできなかった。

「リキくんでも橘高さんでも駄目だったのか」

「京介に任せることにした。木村先生よりもショウの扱いには慣れているはずだ」

清和が取った処置に、氷川は微笑《ほほえ》んだ。

「ああ、京介くんか」

「それ以外に打つ手がない」

京介ならばあの手この手でショウを丸め込めるような気がした。口ではなんだかんだ言いつつも、京介はショウをとても大切に思っている。親友という言葉では言い表せないぐらいの信頼関係が築かれていた。

氷川に友達がいないわけではないが、あんなに思ってくれる親友はいない。そういうものだとドライに割り切ってもいた。

「京介くんなら上手《うま》くやってくれる」

「ショウに先生の送り迎え以外の仕事をさせるつもりはないから」

「うん、わかった」

氷川と清和は目を合わせると微笑んだ。それから、氷川は清和に尋ねた。

「食事はしたの？」

「まだだ」

「僕がいない間にステーキを食べに行ったんじゃないの？」

氷川は清和を真正面からじっと見つめながら尋ねた。清和は氷川が作った料理に文句を言わないが、外では自分の嗜好《しこう》に合った食事を存分にしている。氷川がいくら窘《たしな》めても改める気配がない。

「いや……」

氷川は清和の嘘を見抜く自信がある。清和は真実を語っているという判断を下した。

「今日はそういうことはしてないみたいだね」

「…………」

「今から作るね」

「ああ……」

氷川は部屋着のジャージの上下に着替えてからキッチンに立った。健康を第一に考えた料理を作る。

清和は経済誌に目を通しながら、夕食ができるのを待っていた。経済誌ではなく歳相応《としそうおう》に漫画雑誌辺りだったらいいのに、と氷川はつくづく思う。氷川自身、十代の頃でも漫画雑誌は読まなかったが。

リビングルームに置いてある電話が鳴ったので、氷川はお玉を持ったまま固まった。こんな時間に連絡が入るということは、組で何かトラブルがあったということだ。

「俺だ」

電話に出た清和の顔に感情は出ていないが、氷川にははっきりとわかる。何か異変があったのだと。

案の定、電話を切った清和は身なりを整えだした。眞鍋組の二代目として人の前に立つ時、清和は決してラフな服装はしない。制服と化している黒いスーツを身につけている。

「清和くん、何かあったの？」

氷川はお玉を持ったまま清和に近寄った。

「気にするな」

「今から出かけるんだね？」

組のことに口を出すつもりはないが、氷川は清和が心配でたまらない。清和はいつもと同じように平然とした様子で言った。

「すぐに帰る」

「ちゃんと帰ってきてよ」

氷川は清和の黒い上着の裾《すそ》を摑《つか》みながら懇願した。放したら二度と帰ってこないような気がする。

清和は思い切り戸惑っていた。

「そんな顔をするな。本当にたいしたことないんだ」

「こんな時間から清和くんが出ていくんだよ。心配するに決まっているだろう」

氷川が目を潤ませながら言うと、清和は連絡の内容を口にした。

「ほかの組のシマにあるクラブで木村先生が酔っ払って暴れている」

一瞬、氷川は何を言われたのかわからなかった。

「……え？」

「ほかの組といっても、組長とはオヤジが兄弟《きょうだい》杯《さかずき》を交わしているから、そうたいした問題にはならない。放《ほう》っておいてもいいかと思うんだが、迎えに行ったほうがいい、とリキに言われた。俺もそう思う」

氷川はあっけにとられて、言うべき言葉が出てこなかった。

「はぁ……」

「オヤジや安部《あべ》、古参の幹部は今夜は本家に先代の見舞いに行っている。ほかの組員じゃ、木村先生は連れて帰れない」

眞鍋組の先代組長、清和の実父は意識のないまま時を過ごしている。律儀《りちぎ》に見舞いを重ねているのが橘高や古参の幹部だ。

「そうなのか」

氷川が軽く笑うと、清和も口元を綻《ほころ》ばせた。

「そういうことだから心配するな」

「木村先生、もしかして酒乱のせいで医者をやめたの？」

泥酔《でいすい》して取り返しのつかない失態を招いたのではないか、と氷川は想像した。そのほかにも、腕のいい医師が暴力団と関係の深い医師にどうしてなったのか、氷川はドロップアウトのケースをいくつかあげられる。

実力だけでは上に行けない世界で権力闘争に負けて弾《はじ》かれたのか、そんな世界に馬鹿馬鹿《ばかば》しくなったのか、疲れ果てたのか、氷川が身を置く世界もまた泥沼のように淀《よど》んでいた。

「木村先生は医者をやめてから酒乱になった」

清和は首を左右に振りながら、木村と酒の関係を言った。

「……え？」

「真面目《まじめ》に医者をやっている時、酒は嗜《たしな》む程度だったらしい。本人が言っていることだから信憑性《しんぴょうせい》は低いんだが」

「はぁ……」

「世間はどこでどう繋《つな》がっているかわからない」

清和が真面目な顔でなんの脈絡もないことを言いだしたが、氷川は同意する意味で深く頷《うなず》いた。

「そうだよ。今回の晴信くんのことでもわかったでしょう」

リキの実兄と氷川の知人が繋がっているとは夢にも思わなかった。

「今のうちに言っておく。木村先生は有名な医者だった。医者の世界にいる以上、どこかで何かあるかもしれないが、何も知らないふりをしてくれ」

どこかの医学部の卒業アルバムに若い頃の木村がいるかもしれない。医学雑誌に木村の顔写真が掲載されているかもしれない。医者として生きていれば、いつか木村の功績に触れるかもしれない。

「うん、わかってる」

「木村先生はオヤジの命を助けてくれた恩人なんだ」

橘高は少なくても七回以上生死の境を彷徨《さまよ》ったという。五体満足で今まで生きているほうが不思議な極道だ。

「知ってる。あ、もしかして、木村っていう名前も偽名？」

過去を封印した男ならば、本名を名乗っていないかもしれない。高徳護国義信《よしのぶ》という親から与えられた名前を捨てたリキが、ビールを飲みながら治療に当たる木村に重なった。

「そうだ」

「わかった。木村先生によく似た医者の論文を見ても驚かない」

「そうしてくれ」

「うん」

「眞鍋組には……その、ヤクザにもいろいろとあるんだ。いろいろな過去を背負った奴が集まってくる。本名を名乗っていない奴も多い」

清和は選んだ言葉で眞鍋組について語った。自分から氷川に組について喋《しゃべ》るなど滅多にない。

「うん」

切れ長の目を眇《すが》めた清和の唇が、氷川の唇を掠《かす》めた。

「気をつけてね」

氷川は清和の首に左右の手を絡《から》めながら、触れるだけのキスを返す。インターホンが鳴り、スーツ姿のリキが立っていた。

「いってらっしゃい」

氷川は夜の街に向かう清和とリキを見送った。


一時間たっても二時間たっても三時間たっても清和は帰ってこない。先に夕食を食べて、風呂《ふろ》に入っても、清和から電話の一本も入らない。

「何かあったのかな」

氷川は不安に駆られながら起きていた。

もう、清和がリキと一緒に出ていってから、五時間以上たっている。日付が変わっていた。本来ならば翌日は休日だが、氷川は出勤するつもりだ。いつまでも帰ってこない男を待って起きていては仕事に支障をきたす。

氷川は一人でキングサイズのベッドに横たわった。

目を閉じても愛《いと》しい清和の顔がちらつく。

「どうしよう」

独り言をポツリと漏らした時、玄関から物音が聞こえてきた。清和に違いない。氷川はベッドから下りると部屋を出た。

いつもなら、真っ先にベッドルームにやってきて氷川の存在を確かめるのに、今夜の清和は違う。

清和の所在を表しているかのように、パウダールームから明かりが漏れていた。

「清和くん？」

清和は脱衣のスペースでワイシャツのボタンを外していた。光沢のあるピンクのリボンがついた白い籠《かご》には、黒い上着が脱ぎ捨てられている。

「起きていたのか」

清和はひょっこりと顔を現したパジャマ姿の氷川に動揺している。顔色は変わらないが、氷川には清和の心の中がわかる。

「清和くん、その口紅は何？」

清和のシャツの襟には口紅がべったりとついている。よく見れば、胸元や脇腹《わきばら》の辺りにも口紅がついていた。氷川は清和がパウダールームに直行したわけがわかった。

「不可抗力だ」

清和の言葉が気に入らなかったわけではない。今の氷川は清和が何を言っても聞き流せなかっただろう。口紅を見つけた途端、嫉妬心《しっとしん》に火がついていたのだから。

「付き合いで行ったクラブのホステスのサービス？　今夜はそんなこと言わせないよ。今夜は酔っ払ってる木村先生を迎えに行ったんでしょう？　そもそも、こんな時間まで何をしていたの？」

「木村先生が帰らないとごねた。凄《すご》かったんだ」

清和が真実を語っていることは、怒っていても氷川にはわかる。木村が原因だということがわかったが許せなかった。

「そんなの、木村先生の首に縄をつけても引っ張ってくるんだっ」

「…………」

「もしかして、今までずっと若くて綺麗《きれい》なホステスと一緒にお酒を飲んでいたの？」

ホステスに『若い』と『綺麗』という形容をつけた氷川は、これ以上ないというくらい頭に血が上っていた。清和の胸に顔を埋《うず》めて、官能的な香水の移《うつ》り香《が》を嗅《か》ぐ。清和がショウに差し入れたセクシーダイナマイトを体現しているような美女が脳裏に浮かんだ。

「先生のほうがずっと綺麗だ」

純情で口下手な清和が照れながらやっとのことで口にした甘い言葉も、燃え上がった氷川の心を静めることはできなかった。

「若くて綺麗なセクシーダイナマイトと何をしていたの？」

「暴れる木村先生を押さえていただけだ」

「木村先生、女の子大好きだよね。若くて綺麗な女の子の服を脱がせたの？」

氷川は清和のズボンのベルトを引き抜くと、ピンクのマットが敷かれている床に落とした。

「そんなことはしていない」

氷川は清和のズボンのファスナーを下ろしながら、腹の底から怒鳴った。

「僕以外の誰かに見せた？」

「誰にも見せていない」

「これ、僕のだよね」

氷川は清和の分身を取りだすと、ぎゅっと握った。

「そうだ」

急所を握られた清和は眉《まゆ》を顰《ひそ》めながら返事をする。

清和のために夕食を作って待っていたからではないだろうが、今夜は無性に腹立たしくて仕方がなかった。そう簡単に清和を許すことはできない。

「清和くん、なんか、今夜は悔しい」

「どうして？」

「自分でもわからないけど、腹が立つ」

「先生が怒るようなことは何もなかった。頼むから手を離してくれ」

苦しそうな清和の頼みで、氷川は握り締めていたものを放した。清和の額に脂汗が浮かんでいる。

大きな息を吐きながら、清和は女の匂《にお》いがするシャツを脱いだ。風呂に入るつもりなのだろう。

「上着、皺《しわ》になるよ」

落ち着いた氷川は黒い上着とネクタイを拾う。

なんの気なしに上着のポケットに手を入れて、名刺を見つけた氷川は再び燃え上がった。

レモンというキャバクラ嬢の名刺の裏には、その場で書いたと思われる携帯番号があった。それだけではない、『連絡ちょうだい』というメッセージに『清和くんになんでもしてあげるレモンちゃん』という名前とハートマークが女の子特有の丸々っとした文字で書かれている。

「清和くん、このレモンちゃんって誰？　いやらしいっ」

氷川は上半身裸の清和の顔面に、レモンなるキャバクラ嬢の名刺を突きつけた。

「知らない」

「レモンちゃん、知ってるでしょう」

「確か、ホステスの中にそんな名前の女が一人いた。でも、その名刺は知らない」

レモンという名のキャバクラ嬢が勝手に、清和の上着のポケットに名刺を忍ばせたに違いない。清和は名刺の存在に驚いていた。

「レモンちゃん、どんな可愛《かわい》い女の子？」

「覚えていない」

「清和くんにはなんでもしてあげるんだって」

若い美女からの『なんでもしてあげる』は、男にとって最高に魅力的な誘い文句だ。

「…………」

「清和くん、レモンちゃんに何をしてもらうの？」

「二度と会うことはない」

「こっちにおいで」

氷川は清和をキッチンに連れていくと、火種をつけたコンロの前に立たせた。

「清和くん、レモンちゃんからの携帯番号付きの名刺を焼いて」

「わかった」

清和は氷川の言った通り、レモンの名刺をコンロの火で焼く。氷川は換気扇を回しながら、燃える名刺を見ていた。

瞬《また》く間《たま》に名刺は黒こげになる。

氷川はコンロの火を止めると、清和の逞しい身体にしがみつく。抑えきれない欲望をそ

のまま口にした。

「清和くん、して」

その瞬間、清和の顔つきや身に纏《まと》っていた空気が柔らかくなる。

「いいのか？」

「いっぱいして」

氷川は嬉しそうな清和に抱き上げられてベッドルームに向かう。この部屋は一人では空々しいほど寒い。二人でいる部屋だ。

その夜はお互いがお互いを貪《むさぼ》り合《あ》うように求め合った。


翌日の日曜日、氷川はネクタイを締める。清和は目だけで心配していた。

インターホンが鳴ったので、氷川は鞄《かばん》を持って玄関に行く。確かめるまでもない、ショウがやってきたのだ。

玄関のドアを開けた途端、氷川は低い悲鳴を上げた。

「おはようございます」

髪の毛がボサボサのショウの顔には絆創膏《ばんそうこう》が何枚も貼《は》られていた。鎖骨や手にも昨日はなかった無数の傷がある。

「ショウくん、何があったの？」

氷川がやっとのことで尋ねると、ショウは切れた口の端を押さえながら答えた。

「京介にやられました」

「……え？」

「京介は男だけど絶対に生理があると思います。生理中の女みたいにピリピリピリピリしやがって」

以前、恋人だった女性に逃げられるのは、いつも月経時だとショウは言っていた。神経を尖《とが》らせている恋人に灰皿やコップ、花瓶などを投げつけられたらしい。普段は笑って流せる時も、月経中の女性はヒステリー状態に陥るのだと。

男である京介に月経はない。

「ショウくん、何をしたの？　ショウくんが何もしなかったら、京介くんは暴力なんて振るわないでしょう」

そもそも、清和は京介に絶対安静のショウを預けた。何もないのに、京介がショウに手を上げることはない。

氷川の隣にいる清和からは日頃のポーカーフェイスが消え、苦虫を噛《か》み潰《つぶ》したような顔をしていた。ショウの一日も早い戦線復帰を望んでいる清和にしてみれば、怒鳴りつけたい心境だ。ぐっと堪《こら》えている清和に代わって、氷川がショウに目を吊《つ》り上《あ》げた。

「京介、あげパン食ったら怒った」

ショウは唇を尖らせながら、京介から鉄拳《てっけん》を食《く》らった理由を告げた。

「……は？　あげパン？」

「普通のあげパンにココア味のあげパンに苺味《いちごあじ》のあげパンにきな粉のあげパン、テーブルにあったあげパンを全部食ったら怒った」

氷川はショウが見るも無残な姿になっていた時のことを思い出した。遠い昔のようでまだ最近のこと、チャイニーズ・マフィアの襲撃を受けた朝のことだ。ショウは痛みに耐えながら負傷の理由を言った。

『鮭《しゃけ》と昆布と梅干しとシーチキンとイクラ、テーブルの上にあったコンビニおにぎりを全部食ったら怒られた』

コンビニのおにぎりからデスマッチを繰り広げるショウと京介が、氷川はどうしても想像できなかったものだ。売り言葉に買い言葉というけれども、何がショウと京介を駆り立てるのかわからない。

「ショウくん、前はコンビニのおにぎりとか言っていなかったっけ？」

「はい」

ショウは恥じることなく堂々としていた。

「また、そんなくだらないことで」

氷川はショウを思い切り罵《ののし》りたいが相応《ふさわ》しい言葉が出てこない。すると、清和が低い声でボソリと言った。

「ショウ、前回はメロンパンだったな」

「はい」

京介の部屋にあったメロンパンをすべて胃袋に収めたショウは、京介にボコボコにされた。氷川は説明を聞かなくてもわかる。

「シュークリームの時もあったよな」

「はい」

ショウは部屋にあったシュークリームを全部食べた。鬼と化した京介に半殺しの目に遭わされた。

「弁当の時もあったな」

「牛丼《ぎゅうどん》と豚肉丼とカレー丼、全部食ったら京介が怒ったんスよ」

何度も同じ失敗を繰り返しているショウに、清和は眉を寄せて言った。

「どうして京介を怒らせるようなことをするんだ」

「どうしてそんなことぐらいで怒るんスか？」

ショウから挑むように尋ねられて、清和は言葉に詰まっていた。清和にしろ、なぜ京介が怒るのかわからないのだ。

氷川にしても、京介の気持ちはわからなかった。部屋にある食べ物をすべて清和が食べたとしても怒る気にはならない。

「先生、組長が家の中にあったあげパン全部食ったら怒りますか？」

顔を派手に歪めているショウに尋ねられたが、氷川に答えられるはずがない。

「そんな、あげパンを食べたくらいで怒らないけど……あぁ、清和くんが外食ばかりしていたら怒るよ」

「京介、そういうことは怒りません。あいつだって料理なんてできねぇし」

ショウは清和の食事の内容に神経を尖らせている氷川をよく知っていた。買い物に付き合って清和に同情したことは一度や二度ではないからだ。

「京介くんはなんて言いながら怒ったの？」

「一つぐらい残しておけって」

あげパンにしろメロンパンにしろシュークリームにしろ、京介が食べようとして買って、テーブルにおいていたものだ。それを居候《いそうろう》のショウが一つも残さずに食べた。京介の機嫌が悪くなるのも不思議ではないかもしれない。

「ショウくんは一つも残さずに全部食べたんだね」

京介の言う通り、一つくらい残していてもいいのではないかと思う。ショウは一人で暮

らしているのではなく、京介と一緒に暮らしているのだから。

ただ単に食い意地が張っている、とかいうことではない。同じ屋根の下に住んでいる者への思いやりなのかもしれない。

「あげパンがそこにあったんです。そこにあったあげパンを食っただけなんです。それなのに怒るんです」

怪我に響くだろうに、ショウは力んでいた。京介の部屋にあるものがすべて自分のものだと思っている証拠だ。可愛いと取るか、図々《ずうずう》しいと取るか、人の受け取り方次第でショウの評価は変わる。

「ん……」

「先生だったら怒りませんよね」

ショウは断定口調で言った。氷川も京介を庇《かば》わないわけではないが嘘はつかない。

「そりゃ……」

「嫁さんとツレの違いなんスかね」

清和に対する氷川と自分に対する京介の立場を比べているのか、ショウはどこか遠い目をしている。

そんなショウにつられたのか、氷川も遠いところを見てしまった。

「ん……」

「嫁さんだったら全部食っても怒らないんスかね」

もはや、氷川は言うべき言葉が見つからなかった。

「さぁ……でも、よくあげパンが何個も食べられるね」

「食い物だから食えますよ」

「そういう意味じゃなくて、何個も食べたら胸焼けしない？」

氷川もあげパンの屋台の車を何度か見かけたことがある。遠い日の給食を思い出したが買ってまで食べようとは思わなかった。好きではないが、嫌いでもない。とりあえず、一個以上食べる自信がなかった。

「胸焼けなんてしませんでした」

「そうか、若いものね」

ショウは二十歳《はたち》、生命力に溢《あふ》れていて怪我をしていても眩《まぶ》しいくらいだ。周囲の空気からして違う。一緒にいるだけで気持ちがよかった。

「あいつ、生理だ」

すべて生理で片づけようとするショウも根本的に間違っている。いや、生理で片づけたいのだ。

「ショウくん……」

「あいつ……痛ぇ」

喋ると痛むらしく、ショウは切れた口の端を手で押さえた。

「ショウくん、今日は休んで木村先生のところに行って」

「死んでもいやっス」

氷川の言葉を拒絶したショウの目は据わっている。

「傷が悪化する」

「大丈夫っスよ。あそこに戻るくらいなら京介に殴られていたほうがいい」

「ショウくんと京介くん、殴り合ったらどっちが強いの？」

「京介」

華やかな美貌《びぼう》を誇っている京介の腕っ節の強さは、本職であるショウや宇治を軽く凌《しの》ぐそうだ。

「ショウくん……」

氷川が肩を落としながら溜《た》め息《いき》をついた時、清和が真剣な顔でショウに言った。

「ショウ、京介に逆らうな」

清和の指示にショウは動揺していた。

「逆らうなって……」

「とりあえず、京介に逆らうな」

家庭内不和を避けるための最良手段を口にした清和は、かかあ天下にじっと耐えている年下の亭主だった。

清和から何かを感じ取ったのか、ショウの頬が緩んでいる。笑いたいのを堪えているようだったが、口に手を当てながら震える声でとうとう言った。

「組長、先生と幸せにっ」

楽しそうなショウを、憮然とした面持ちで眺めているのは清和だ。

氷川はどうしてショウが笑っているのかわからない。

「ショウくん？」

「先生、組長を幸せにしてください」

笑っているショウがいると氷川も楽しい。

笑顔で過ごせる日々がいつまでも続くことを、氷川は心の底から願った。

あとがき

講談社X文庫様では六度目ざます。ヒモのようなオヤジ猫と同棲中《どうせいちゅう》の樹生《きふ》かなめざます。

オヤジ猫といっても単なるオヤジ猫ではございません。うちの猫は足が短いんだと思っていたら、なんてことはない、お腹《なか》がたぷんたぷんしていただけだ、というぶた猫です。私と同棲するようになってから、オヤジ猫はますますぶーになってしまいました。

というわけでございます。『龍《りゅう》&Dr.《ドクター》のかかあ天下物語』シリーズ前作の『龍の恋、Dr.の愛』の忍法・あとがき苦肉の策であるあとがきに対して「結婚おめでとうございます」というメッセージをたくさんいただいてしまいました。

「ありがとうございます。今、とっても幸せでぇ〜す」と、返せたらよかったのに、と樹生かなめは逃げるオヤジ猫を抱き締めながら咽《むせ》び泣《な》きました。

「担当さんが結婚されたんですか？」というお言葉も多かったんですが、担当様が樹生かなめをさしおいて嫁に行っていたら、思い切り罵《ののし》っていたでしょう。そして、樹生かなめの旦那《だんな》を紹介してもらっていたでしょう。ええ、もう、男を紹介して、なんていうまでろっこしいことはやっていられないんです。「男を紹介して」とは言わずに「私の旦那を紹介して、私の旦那を連れてきて」と、いつでもどこでも申しております。

男の方といえば、男の方ですね（なんのこっちゃっ）。勉強ばかりしていたというDr.の青春時代の女にまつわる思い出をひょんなことから聞いて、思い切りのけぞったことがあります。一年ほど前、お若い男の方でもございました。「おっぱい、出ないの？」と、お若い男の方が真剣な顔で聞くんです。樹生かなめの友人のふくよかな胸を見ながら。「出ねぇ」と、樹生かなめの友人は力強く答えました。「絞っても、出ないの？」という確認のような質問に、友人は「出ねぇっ」と力んでおりました。樹生かなめに聞かず、乳のデカイ友人に聞くところがポイントのようです。

それではでございます。

奈良千春《ならちはる》様、素敵なイラストをありがとうございました。深く感謝します。

担当様、いろいろとありがとうございました。深く感謝します。

読んでくださった方、ありがとうございました。

再会できますように。

現役医療従事者から涙の近況を聞いた日　樹生かなめ

樹生かなめ先生の『龍の純情、Dr.の情熱』、いかがでしたか？
樹生かなめ先生、イラストの奈良千春先生への、みなさんのお便りをお待ちしております。

樹生かなめ先生へのファンレターのあて先
〒112-8001　東京都文京区音羽2-12-21　講談社　文芸X出版部「樹生かなめ先生」係
奈良千春先生へのファンレターのあて先
〒112-8001　東京都文京区音羽2-12-21　講談社　文芸X出版部「奈良千春先生」係

N.D.C.913　222p　15cm

樹生かなめ（きふ・かなめ）

講談社X文庫

血液型は菱型。星座はオリオン座。
自分でもどうしてこんなに迷うのかわからない、方向音痴ざます。自分でもどうしてこんなに壊すのかわからない、機械音痴ざます。自分でもどうしてこんなに音感がないのかわからない、音痴ざます。自慢にもなりませんが、ほかにもいろいろとございます。でも、しぶとく生きています。
樹生かなめオフィシャルサイト・ROSE13
http://homepage3.nifty.com/kaname_kifu/

white heart

龍《りゅう》の純情《じゅんじょう》、Dr.《ドクター》の情熱《じょうねつ》

樹生《きふ》かなめ

●

2006年2月5日　第1刷発行
2009年10月20日　第7刷発行
定価はカバーに表示してあります。

発行者――鈴木　哲
発行所――株式会社　講談社
東京都文京区音羽2-12-21 〒112-8001
電話　編集部 03-5395-3507
販売部 03-5395-5817
業務部 03-5395-3615
本文印刷―豊国印刷株式会社
製本―――株式会社千曲堂
カバー印刷―半七写真印刷工業株式会社
本文データ制作―講談社プリプレス管理部
デザイン―山口　馨

ISBN4-06-255857-2